SOB *a* LUZ *do* LUAR

romance espírita

TÍTULO Sob a luz do luar
AUTOR Robson Pinheiro
EDITOR, PREPARAÇÃO DE ORIGINAIS E NOTAS Leonardo Möller
PROJETO GRÁFICO E EDITORAÇÃO Andrei Polessi
Fernanda Muniz
REVISÃO E NOTAS Laura Martins
IMPRESSÃO E PRÉ-IMPRESSÃO Intergraf
FORMATO 14 x 21 cm
NÚMERO DE PÁGINAS 288
ISBN 978-85-87781-35-2

FSC
www.fsc.org
MISTO
Papel produzido a partir de fontes responsáveis
FSC® C011188

A Casa dos Espíritos acredita na importância da edição ecologicamente consciente. Por isso mesmo, só utiliza papéis certificados pela Forest Stewardship Council® para impressão de suas obras. Essa certificação é a garantia de origem de uma matéria-prima florestal proveniente de manejo social, ambiental e economicamente adequado, resultando num papel produzido a partir de fontes responsáveis.

Conforme o Novo Acordo Ortográfico da Língua Portuguesa, ratificado em 2008.

1ª edição | julho de 1998 | 3 reimpressões | 12.000 exemplares
Originalmente publicado sob o nome *Caravana de luz*
2ª edição revista e ampliada | agosto de 2009 | 10.000 exemplares
6ª reimpressão | junho de 2012 | 2.000 exemplares
7ª reimpressão | novembro de 2015 | 2.000 exemplares | 26.000 exemplares vendidos

Rua Floriano Peixoto, 438 | Novo Progresso
Contagem | MG | 32140-580 | Brasil

Tel/Fax +55 31 3304 8300
www.casadosespiritos.com.br
editora@casadosespiritos.com.br

Dados Internacionais de Catalogação na Publicação [CIP]
[Câmara Brasileira do Livro | São Paulo | SP | Brasil]

Batista, Everilda [Espírito].
Sob a luz do luar: romance espírita / pelo espírito Everilda Batista; [psicografado por] Robson Pinheiro.— 5ª ed. rev. e ampl. — Contagem, MG: Casa dos Espíritos, 2009.

ISBN 978-85-87781-35-2

1. Espiritismo 2. Romance espírita
I. Pinheiro, Robson II. Título.

CDD: 133.93

Índices para catálogo sistemático:
1. Romance espírita : Espiritismo 133.93

SOB *a* LUZ *do* LUAR

ROBSON PINHEIRO

pelo espírito de sua mãe,

EVERILDA BATISTA

casadosespíritos

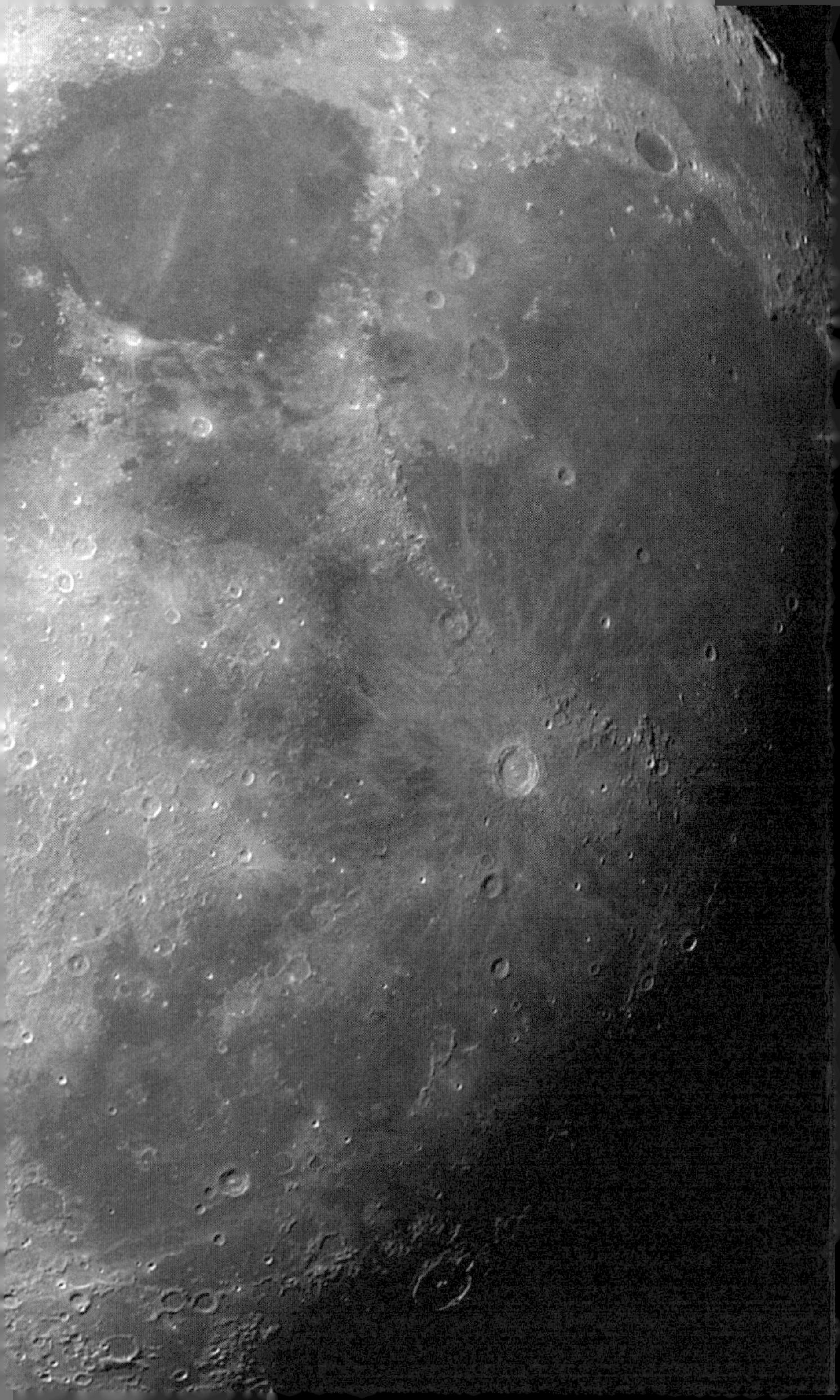

SUMÁRIO

PREFÁCIO

Revendo Everilda e Jesus

por Leonardo Möller, EDITOR

— Você escolhe! Ou este bando de velhos ou eu! Ou esta pobreza ou eu! — ao falar assim, em instantes o marido Adelmário, ou Seu Dema, viu suas roupas e pertences serem arremessados pela janela.

— Nunca mande uma mulher escolher — foi com essas palavras que Everilda viu seu marido ir buscar refúgio na casa do filho mais velho, na cidade de Ipatinga, a 100km dali. Só 6 meses mais tarde ele retornaria à casa, em Governador Valadares, MG.

Para quem teve sua iniciação profissional no lombo do cavalo, ainda na adolescência, vigiando a boiada pelas pastagens com o revólver na cintura, até que ela foi mansa. Na infância já fazia conserto em roupas e pequenas costuras e, com cerca de 9 anos, teve que assumir o posto de lavadeira, substituindo a mãe, que adoecera por longo período. Como o pai havia morrido quando ela tinha seus 3 anos de idade, a solução era trabalhar para ajudar no sustento da família pobre.

Pensando bem, Seu Dema foi mesmo ingênuo. Justamente com ela, que não teve dúvidas ao ver na extração de pedras preciosas a chance de obter recursos para conquistar sua primeira casa. Picareta sobre os ombros, partiu para a lavra recém-descoberta, com a cara e a coragem; nada mais.

Era a mesma mulher que certo dia recebeu dois de seus filhos com o cinto na mão na hora em que vieram da rua dizendo:

— Achamos dinheiro!

— Mas vocês acaso perderam alguma coisa? — mal deu tempo de menearem a cabeça. — Então como é que acham o que não perderam, o que não é de vocês?

A surra só terminou com os valores devolvidos ao local de origem e com a lição, que ficou para sempre, de que só o fruto do trabalho pode ser chamado de *seu*.

PAZ E AMOR?

QUEM LÊ ESSAS passagens — e há tantas outras semelhantes na vida de Everilda — talvez lance mão do senso comum para ajuizar que deve se tratar de uma mulher perturbada, que padece de algum transtorno de agressividade.

E onde foi que se criou essa imagem de que espíritos comprometidos com valores nobres devem ser sempre cálidos e suaves? Quem foi que elegeu como modelo alguém que tudo sofre, tudo suporta e ergue aos céus olhar cheio de autopiedade a fim de pedir forças para aguentar ainda mais? E se Deus quisesse que o indivíduo usasse sua energia justamente para levantar-se e dar um basta na situação?

Numa das passagens mais célebres da obra espírita fundamental, Kardec indaga aos espíritos superiores: "Por que, no mundo, tão amiúde, a influência dos maus sobrepuja a dos bons?", ao que respondem prontamente, sem rodeios: "Por fraqueza destes. Os maus são intrigantes e audaciosos, os bons são tímidos. Quando estes o quiserem, preponderarão"[1].

Noutro trecho, que se ocupa de investigar se é conveniente desvendar o mal alheio, é o espírito de São Luís que esclarece: "Segundo as circunstâncias,

[1] KARDEC, Allan. *O livro dos espíritos*. Rio de Janeiro, RJ: Feb, 2001. 1ª ed. revista e repaginada. Tradução de Guillon Ribeiro. Item 932.

desmascarar a hipocrisia e a mentira pode constituir um dever, pois mais vale caia um homem, do que virem muitos a ser suas vítimas"[2]. É no mínimo curioso notar que tal reflexão ocorra no capítulo intitulado *Bem-aventurados os que são misericordiosos*... Será que há nas entrelinhas alguma sugestão de que é preciso rever o conceito reinante sobre misericórdia? Ou — quem sabe? — que misericórdia e justiça são duas forças que devem caminhar lado a lado, complementando-se mutuamente.

Tolerância e resignação devem ser empregadas em máximo grau, em qualquer cenário ou circunstância. Há quem dê voz a esse discurso ao pontificar sobre a administração, por exemplo, de uma comunidade, um centro espírita ou uma *casa de caridade*, como preferem dizer. Kardec pessoalmente defende política bem distinta: "Visto ser necessário evitar toda causa de perturbação e de distração, uma Sociedade espírita deve, ao organizar-se, dar toda a atenção às medidas apropriadas a tirar aos promotores de desordem os

[2] KARDEC, Allan. *O Evangelho segundo o espiritismo*. Rio de Janeiro, RJ: Feb, 2002. 120ª ed. Tradução de Guillon Ribeiro. Cap. 10, item 21 (*in*: "É permitido repreender os outros, notar as imperfeições de outrem, divulgar o mal de outrem?"), p. 225.

meios de se tornarem prejudiciais e a *lhes facilitar por todos os modos o afastamento*"[3].

Não sei também quem escolheu justamente a imagem da crucifixão para eternizar o Cristo. A vida de um homem — Jesus, e não Cristo — resumida no seu pior momento, que prevaleceu na posteridade. Um judeu que, tendo nascido, morrido e vivido na conservadora sociedade judaica de seu tempo, conseguiu trazer mensagem tão revolucionária observando os mandamentos da lei. Quantas curas, pregações que incitavam o amor e o perdão, gestos de compreensão, sabedoria, coragem e inteligência singulares? Tudo soterrado pelo retrato de um homem sangrando, pregado a pedaços de madeira. Toda a sua fé, demonstrada em inúmeros episódios, vê-se solapada pelo destaque dado a palavras que a colocam em xeque: "Deus meu! Deus meu! Por que me desamparaste?"[4].

[3] KARDEC, Allan. *O livro dos médiuns ou guia dos médiuns e evocadores*. Rio de Janeiro, RJ: Feb, 2003. 71ª ed. Tradução de Guillon Ribeiro. II parte, cap. 29: "Das reuniões e das sociedades espíritas", item 339, p. 511 (grifo nosso).

[4] Mc 15:34. Todas as citações bíblicas são extraídas da BÍBLIA de Referência Thompson. São Paulo, SP: Ed. Vida, 2004. Tradução contemporânea de João Ferreira de Almeida.

Definir o Cristo pelo calvário, em detrimento do que exemplifica e constrói o homem Jesus, é lamentável; um dos grandes vexames a que se entregou o cristianismo, religião erguida não por ele, mas por seus seguidores. Ao mesmo tempo, é uma das maiores vitórias conceituais e simbólicas das trevas. Representa o triunfo do pessimismo sobre o otimismo, da morte sobre a vida, da dor e do sofrimento, que prevalecem sobre o prazer de viver. Irônico, ainda mais se considerarmos que este é o mesmo sujeito que vence a morte, que conversa e ceia com os discípulos nos dias subsequentes ao sepultamento[5] e chega a mostrar-lhes o corpo de "carne e osso"[6], atestando a ressurreição. Não é sintomático que os fiéis geralmente privilegiem a Paixão, o martírio de seu líder, que durou pouco mais de 72 horas, à Páscoa, que é o desfecho, a celebração mais importante, enunciação definitiva da vitória sobre a morte?

Jesus não era exclusivamente paz e amor, como talvez queiram crer aqueles que o retratam com olhos piedosos nas igrejas, clamando passivamente aos céus. O nazareno era um homem de ação.

[5] Lc 24:30,41-43; Jo 21.

[6] Lc 24:39, incitando Tomé a tocá-lo em Jo 20:27.

Entre muitas passagens que ilustram o uso sensato da agressividade, colocando limite no abuso de toda sorte, possivelmente a mais eloquente seja a chamada purificação do templo.

"Ao chegarem a Jerusalém, Jesus entrou no templo, e começou a expulsar os que ali vendiam e compravam. Derrubou as mesas dos cambistas e as cadeiras dos que vendiam pombas. Não consentia que alguém carregasse qualquer mercadoria pelo templo. E os ensinava, dizendo: Não está escrito: 'A minha casa será chamada casa de oração para todas as nações'? Mas vós a fizestes covil de ladrões"[7].

Ao contrário da crença bastante difundida, Jesus não era um homem *bonzinho*, pacato, cordato ou conciliador. Nem sequer muito diplomático. Para começo de conversa, renegou sua mãe publicamente[8], fato que, por mais que se explique em suas razões pedagógicas, não deve soar bem aos ouvidos de nenhuma mãe. Expulsou demônios[9] ou espíritos pelo menos algumas dezenas de vezes — em vez de dialogar pacientemente

[7] Mc 11:15-17.

[8] Lc 8:19-21.

[9] Mt 8:16,31; 9:33; 17:18; Mc 1:34,39; 7:29; 16:9, entre muitos outros relatos.

com eles, para o desespero de alguns. E tinha por hábito xingar e repreender o mal com veemência, sem medir palavras. A Herodes chamou de "raposa"[10]; no entanto, nenhum alvo superou os escribas e fariseus, representantes da elite cultural e religiosa de seu tempo, aos quais manifestou sua indignação e cólera cara a cara por mais de dez vezes[11]. Combateu a hipocrisia sem concessões, sempre que com ela se defrontava.

Esse, o homem a que o espiritismo chama de Mestre, de guia e modelo[12].

A questão é se perguntar: que Jesus queremos? Que atributos desejamos enxergar em sua figura? Gosto de ver a completude; gosto de ver alguém que manejava extraordinariamente *todos* os recursos disponíveis em prol do estabelecimento de seus objetivos e do cumprimento do papel que lhe cabia. Gosto de ver o ser humano que teve êxito em seus propósitos. Vê-lo assim dá o que pensar e, despido da roupagem de santo, resta o homem, que em muitos pontos se aproxima de nós outros.

[10] Lc 15:32.

[11] Mt 15:17; 16:3; 22:18; 23:13-15,23,25,27,29; Lc 11:44; 13:15, entre outros momentos.

[12] KARDEC, Allan. *O livro dos espíritos*. *Op. cit.* Item 625.

PAZ E AMOR

Se os espíritos superiores têm diversas qualidades que se podem admirar, inspirando a muitos, Everilda Batista tem a coragem, a bravura. Mais que isso, mostra equilíbrio entre essa dimensão, sobre a qual discorri ao longo das últimas linhas, e a dimensão do afeto, pois é afável, compreensiva, sensível. Demonstrou como poucos, ao longo da existência, a capacidade de oscilar com maestria entre a postura firme e a flexibilidade, geralmente usando as duas ferramentas na medida certa, sem resvalar para a rigidez, tampouco a permissividade.

Batia nos filhos de uma forma que grande parte dos nascidos mais recentemente desconhece — com mangueira, cinto e até cabo de vassoura — e, não obstante, era querida por eles de maneira impressionante. Fazia carinho e cafuné, colocando-os no colo e compreendendo-os, sem emitir julgamento, mesmo após alcançarem a idade adulta, com a desenvoltura que grande parte dos pais não tem. Antes de morrer, procurou fazer as pazes com a única pessoa da família que guardava rancor em relação a ela. E, depois da grande viagem, declarou que, apesar de todos os desafios e embates, continuava amando o marido, que, ao percebê-la mediunicamente, desmaiou após ouvir suas breves palavras.

Nas páginas a seguir, você vai acompanhar os passos da mãe, mulher, do espírito que conheceu desde as dificuldades mais comezinhas até as mais árduas. Sendo um dos espíritos que orienta a casa espírita que leva seu nome — Sociedade Espírita Everilda Batista, em Contagem, região metropolitana da capital mineira —, é motivo de inspiração justamente por não se parecer, nem de longe, com uma santa. Se assim fosse, como poderíamos nos sentir próximos ou semelhantes a ela?

Uma mulher que sai da vida vitoriosa, de cabeça erguida. Trajetória perfeita, irrepreensível? Que nada! Eis a sua grandeza. Sendo como qualquer um de nós, levou a vida eticamente, dedicou-se de corpo e alma às suas convicções e à obra de educação com que sonhava, provando que é possível. Abrigou e orientou os passos de filhos naturais e adotivos, bem como de tantas pessoas a que estendeu as mãos em seus inúmeros gestos de generosidade, solidariedade e compaixão para com a dor alheia[13]. Foi incansável;

[13] Grande número dos episódios marcantes da vida de Everilda Batista encontra-se no comovente livro de memórias de seu fi-

não permitiu que a família esmorecesse, mesmo nos momentos em que todos achavam ser impossível continuar. E, no fim das contas, mesmo no plano extrafísico, mostra que talvez seja este o grande mérito: tentar sempre, não desistir jamais.

lho, o médium Robson Pinheiro (PINHEIRO, Robson. *Os espíritos em minha vida*. Contagem, MG: Casa dos Espíritos, 2008).

APRESENTAÇÃO

Eis aqui, meus irmãos, as palavras singelas de um espírito simples que transpôs os limites da vida física fiel à tarefa que lhe foi confiada pelo Supremo Senhor.

Everilda Batista é a companheira de todas as horas, que traz seu pensamento luminoso de forma a esclarecer certas verdades acerca da Vida Maior. Suas palavras são como chuva abençoada, que ao cair em nossas almas mantêm propício e fértil o solo de nossos corações, a fim de fazer brotar e florescer a sementeira da verdade e do amor.

Que possais beber-lhe das palavras sábias e singelas e iluminar-vos ao sol da presença de Jesus, que exala do verbo vibrante dessa mulher, dessa serva do Senhor.

Paz,

Alex Zarthú, o Indiano – *espírito*

AMOR *de* MÃE

MEU FILHO, Deus o abençoe.

Meu coração se alegra pelas oportunidades que a bondade do Senhor nos concede. Nossa tarefa junto aos corações se acha em pleno andamento. As sementes lançadas na intimidade das almas preveem um tempo de grandes colheitas no porvir. A hora ainda é de trabalho intenso, de sementeiras. Deus nos abençoa com oportunidades de trabalho que não podemos de forma alguma desprezar.

A Sociedade [Espírita Everilda Batista] passa por momentos graves, no que concerne ao futuro de nossos trabalhos. Encarnados e desencarnados se encontram em momentos de decisão. É importante manter a calma, a serenidade da alma e o equilíbrio íntimo.

Os espíritos sublimes que nos dirigem esperam de cada um de nós uma posição definida e definitiva em favor do bem. Lutas, dificuldades e provações fazem parte da jornada daquele que se propõe seguir ao Cristo. Jesus nunca nos prometeu facilidades na tarefa que temos a desempenhar. Mas os resultados no futuro compensam os esforços que empreendemos no presente.

Continuemos amando. O amor ainda é e continuará sendo a única maneira de crescermos. A força do exemplo é capaz de impulsionar a humanidade rumo às estrelas. Procuremos a dedicação à tarefa do Alto, amando, servindo e passando. Deixemos os resultados nas mãos do Senhor da Vida. Amemos sempre. Amemos mesmo que o amor signifique sofrer. Amemos ainda que o sofrimento nos leve ao sacrifício de nossas vidas. Amemos, ainda que o nosso amor seja incompreendido. Amemos trabalhando. Trabalhemos e nos mantenhamos no anonimato. Continuemos semeando amor — sem esperar respostas. A vida doa-se em tributos de amor sem esperar colheitas ou recompensas. A hora é de sementeiras. Outros regarão a plantação do amor, e ainda outros colherão os frutos. Todo resultado pertence a Deus, que tudo administra em favor de seus filhos.

Nossa visão é ainda muito estreita para que possamos aquilatar a grandeza da tarefa que o Senhor nos confiou. Se a morte abre as portas de nossas consciências para a realidade da vida imortal, ainda trazemos em nós muitos apegos terrenos, que impedem uma visão mais ampla da vida.

Nunca desista, meu filho!

Não detemos em nós o direito de retroceder, de estacionar ou de decepcionar aquelas almas superiores que confiam em nós. Não podemos nem devemos deter a marcha do progresso.

A pequena semente que hoje é lançada ao solo dos corações haverá de germinar e, conforme a intensidade do amor com que amarmos, essa sementinha crescerá até se transformar na árvore frondosa e frutífera, produzindo conforme a vontade do Senhor.

Meu filho muito amado! Não desanime, não desista.

Sejam as suas mãos a extensão das minhas mãos, para socorrer, amparar e servir a quem quer que delas precise. Dedique seus dias, sua juventude, suas forças e sua vida a servir em nome do Mestre. Nunca o comova o aplauso enganador dos homens nem o mova o brilho das moedas. Continue dedicando-se incondicionalmente à tarefa do Senhor. Não espere reconhecimento nem mesmo dos companheiros de trabalho, pois, se tal coisa se der, não deverá fazer parte de suas expectativas. A dedicação deve ser espontânea e sem objetivar recompensas. Tenha certeza de que conduziremos ao trabalho as pessoas certas, que compartilhem o sentimento do amor ao próximo e estejam sintonizados com a tarefa que abraçamos em nome do Mestre Jesus.

Não tenha a pretensão de agradar a todos. Nem Jesus o conseguiu! Basta-lhe ser fiel aos espíritos do Senhor e à sua consciência. Trabalhe, ore e confie.

Meu coração continua unido ao seu pelos mesmos laços de amor que nos ligam desde épocas remotas, que se perdem na noite profunda dos séculos, e que foram fortalecidos, na minha última existência, no papel de mãe.

Deixo aqui meu amor para sempre, a você e aos meus filhos espirituais.

Sua, sempre sua mãe,

EVERILDA BATISTA[14]

[14] Mensagem escrita pela psicografia de Robson Pinheiro na Sociedade Espírita Everilda Batista, em 25/11/97. Comemorava-se então o 5° aniversário de fundação da Casa, ocasião em que se ingressava na fase final das obras da sede, oficialmente inaugurada em julho do ano seguinte, ocasião do lançamento da

edição original deste livro, ainda sob o nome *Caravana de luz*.

Pela importância de seu conteúdo, pelo tom exortativo e pelo discurso firme e claro, este texto tornou-se símbolo do espírito Everilda Batista, de seu papel e de sua forma de condução dos trabalhos, bem como síntese do compromisso abraçado pela Casa que leva seu nome. Para nós, trabalhadores a que ela se dirige por extensão, a carta é diretriz a lembrar-nos da disposição de que devemos nos imbuir a fim de cumprir as atividades que abraçamos.

CAPÍTULO 1

NOTÍCIAS *do* OUTRO LADO

Há muito tempo aguardo a oportunidade de trazer minhas impressões obtidas na nova experiência de além-túmulo. Com certeza não é nenhuma história que merecerá as manchetes, tanto em razão de sua simplicidade quanto por não guardar nenhuma pretensão de competir com qualquer autor, encarnado ou desencarnado, que porventura ocupe a atenção do público. Desejo apenas trazer observações, de maneira que possam ser úteis a quem quer que seja.

Desde que aqui cheguei, na pátria espiritual, nutria a vontade de poder retornar algum dia para o convívio dos meus — até voltar de imediato, cheguei a pensar. Quem sabe poderia mandar notícias minhas aos meus filhos ou saber como estavam? Não restavam dúvidas: a saudade era imensa. Será que teria a oportunidade de retornar através da mediunidade e falar àqueles que tanto amava? Por ora, as dificuldades eram inúmeras, e, pelo menos para mim, as coisas não pareciam tão fáceis assim. Era necessário esperar, ter paciência, primeiro adaptar-me à nova situação deste lado de cá da vida.

Tudo me era tão familiar nesta nova morada que me custava acreditar que havia desencarnado.

Eu era legítima defunta e não me dava conta disso! Não fosse a presença de alguns familiares que haviam partido antes de mim e certamente teria sido mais difícil aceitar a nova situação.

A saudade de meus filhos era avassaladora; aos poucos — ou melhor, tão logo permiti, como vim a compreender mais tarde —, fui convencida a me preparar, caso desejasse um dia retornar à Crosta.

Ante a perspectiva do regresso, mesmo que momentâneo, para rever meus queridos afetos, concordei em me preparar. Estudei muito, chorei lágrimas sentidas. A saudade corroía as fibras mais

íntimas de meu ser. Estava resoluta, porém: estudaria, faria tudo que fosse necessário para rever meus familiares. Decidira-me então pela tentativa e pelo esforço. Era uma nova etapa para o meu espírito: muito estudo, muito trabalho — porém, neste último ponto, nada diferente do que estava acostumada. Ah! O trabalho...

Quem pensa que é fácil vencer as dificuldades que nos separam do mundo físico está muito enganado. Algumas situações são muito diferentes daquelas que encontramos na Terra, quando intentamos, por exemplo, escrever para algum parente de outra cidade. Aqui as condições são outras. Não é porque somos espíritos que podemos fazer tudo que queremos ou que esperam de nós. Igualmente defrontamos com dificuldades que necessitam de tempo para serem solucionadas. Há também que ter disciplina. Somos apenas desencarnados, distantes de obter títulos de virtude e santificação pretensamente concedidos tão-somente porque abandonamos a morada dos homens. Apesar das diferenças, não deixamos de amar, de sentir saudades, de sofrer por aqueles que amamos ou por nós mesmos. Apenas estamos em outros planos, mas a vida é, em linhas gerais, a mesma. Mudamos somente a forma de ver as coisas, devido à nova condição em que nos encontramos. Essa é nossa realidade mais simples.

Mas como comportar-se ante a saudade dos filhos que ficaram? Difícil de imaginar, senão para aqueles que experimentaram tal situação. Diante da separação da família amada, imagine como não se sente uma mãe ao se ver transferida para outra realidade da vida, deixando para trás todos que mais ama, seus afetos e suas realizações? Graças a Deus, aprendi, ainda na Terra, a desapegar-me das questões puramente materiais, mas toda ligação afetiva parecia aumentar sensivelmente com a distância vibratória entre os dois planos da vida.

A morte veio encontrar-me em estado de meditação profunda. Mesmo nas horas mais graves, ensaiei deixar-me sob a proteção daquele a quem aprendi a amar desde a infância: Nosso Senhor Jesus Cristo. Tão logo a enfermidade se agravara, entreguei-me à oração e à revisão de meus atos. Meus pensamentos encontravam-se entre os dois planos da vida. Se, por um lado, a saudade e as preocupações com a família faziam com que me angustiasse intensamente, a inquietação quanto ao meu futuro era certamente uma constante. Entreguei-me a

Deus em minhas preces íntimas e pude perceber a presença daquela que fora minha mãe querida a amparar-me o espírito necessitado. Desprendi-me do corpo inutilizado pela enfermidade, sendo recebida por companheiros espirituais que há muito me amparavam anonimamente. Encontrei amigos que me conduziram amorosamente à nova realidade, ao outro lado da vida.

Sono profundo dominou-me o espírito sob a influência dos amigos espirituais. Quando acordei, transcorrido largo intervalo de tempo, já estava na nova morada do mundo dos espíritos. A saudade de meus filhos, de meus familiares, quase me levou ao desequilíbrio. Só depois de os responsáveis me assegurarem de que teria oportunidade de retornar para falar aos meus é que pude lograr alguma tranquilidade. Procurei melhorar, aprender. Revi meu passado espiritual e atualizei conhecimentos, conforme era orientada pelos mentores da Vida Maior.

Encontrei um mundo novo, um novo céu, uma nova Terra[15], onde poderia trabalhar novamente, dedicar-me às tarefas com as crianças, como tanto gostava. Nessa ocasião, conheci uma companheira espiritual que muito me auxiliou deste lado. A esse anjo generoso devo os melhores momentos de minha vida espiritual. Graças a ela, passo a relatar

[15] Indagado a respeito da coincidência da redação com trecho do Apocalipse de João, o médium respondeu que não acreditava se tratar de uma alusão direta da autora ao texto profético. Nas palavras psicografadas, via, sim, o reflexo das inúmeras vezes em que, junto com amigos da igreja, entoava certa canção baseada na visão bíblica, em serenatas que dedicavam a Everilda Batista, sobretudo em seus períodos de enfermidade. "Então vi um novo céu e uma nova terra (...). Deus enxugará de seus olhos toda lágrima. Não haverá mais morte, nem pranto, nem clamor, nem dor" (Ap 21:1,4).

minhas experiências, as experiências de uma simples dona de casa. Não esperem mais do que isso. Fui e continuo sendo uma mulher simples, sem grandes conhecimentos, a não ser a experiência que minha própria vida me proporcionou. Eis tudo.

CAPÍTULO 2

RETORNO *ao* LAR ESPIRITUAL

EXTENSA FORA A trajetória vivenciada com a doença, que pouco a pouco minava minhas forças e mais me aproximava do termo da vida física. Sofrido com tantas dores, o coração dava mostras de enfraquecimento em meio às lutas para manter-se ativo, funcionando e nutrindo a atividade física. Enquanto isso, despertava em mim a consciência de que o fim estava próximo. Divisava de vez em quando a presença de alguns companheiros que pude identificar mais tarde, já desperta deste lado, bem como a figura de minha mãe, quase sempre perto de mim, o que me alimentava a certeza de que estava prestes a desencarnar, embora as preocupações naturais com a família dificultassem a realização do processo de desenlace.

Dúvidas invadiam meu espírito, cheio de amor pelos filhos que Deus me dera.

Como deixá-los órfãos, sem a minha presença, que lhes garantia a segurança e a firmeza necessárias? Como reagiriam todos, principalmente minha filha Marvione e meu filhão, Robson, tão apegados que éramos, quando se vissem privados de minha presença física? Quem cuidaria da casa, da família? E o meu filho Luiz, que estava distante, residindo em outro país? Talvez sentisse um pouco mais, pois não me via há bastante tempo e, quando voltasse de lá, sofreria a experiência de reencontrar a família sem a mãe, que tanto amava.

Muitas eram as preocupações, dúvidas e dificuldades que eu via ante a possibilidade de ficarem sem a minha presença física. A única saída era me refugiar na prece fervorosa, que me elevava ao Alto e me punha em contato com Jesus. Em contrapartida, recebia os benefícios das orações que meus filhos faziam por mim. O carinho com que minha nora me tratava fez-me infinitamente agradecida a Deus pela bênção da família. Afinal de contas, eu havia feito o que era possível a uma mãe pobre e de poucos recursos, em termos de conhecimento. A consciência descansava tranquila. Levara toda a vida em dedicação aos filhos que Deus me deu; se não lhes deixei grande patrimônio e riquezas, alegrava-me o fato de haver contribuído para que todos palmilhassem um bom caminho. A maior herança de todas — a educação — foi o que mais prezei e sempre desejei fosse meu verdadeiro legado.

Enchia-me de esperança o fato de dois de meus filhos haverem entrado em contato com o espiritismo; isso me dava mais tranquilidade. Quando me lembrava das palestras ouvidas e das conversas que tivera com meu filhão e minha filha querida, mais a saudade se fazia presente.

Ah! Como sou agradecida pelos momentos de ternura, pelas conversas que iam madrugada adentro, pelas leituras evangélicas e preces feitas com emoção. Tudo isso ainda palpita em meu espírito, quando relembro, agradecida a Deus, a oportunidade de ter sido mãe. Se houve sofrimentos, lutas e dificuldades, houve, em compensação, o paraíso, o amor, o carinho e a ternura de meus filhos, da vida em família.

Esses eram os sentimentos, as apreensões e os pensamentos que tomavam conta de mim, quando vi que todos se movimentavam para conduzir-me ao hospital, nos últimos momentos de minha existência física. A saudade de meus filhos era imensa, e causava-me pesar não ver os filhos que estavam distantes. Mas entregava a Deus o futuro de todos. A mente já se recusava a funcionar nos instantes que antecediam minha ida ao hospital.

Passara a perceber minha mãe mais e mais vezes perto de mim; ouvia vozes e divisava vultos de pessoas que pressentia serem minhas conhecidas, sem, contudo, identificá-las claramente. Fervilhavam mil emoções e sentimentos, e o cérebro estava como que afogueado ou febril. Ansiosa, a meu lado, estava minha primeira filha adotiva, a quem muito amava, a fiel e incansável Bá, ou Maria Santos Sampaio. Novas preocupações me invadiam o espírito quanto a ela. Lutava entre a iminência de partir e a vontade de ficar, quando, quase sem consciência, senti ser conduzida por braços amigos. As preces que me envolviam a alma muito confortavam meu espírito, produzindo um efeito relaxante e tranquilizador.

Longo tempo permanecera sonolenta, entre a realidade e o sonho. Era como se estivesse sob o efeito de tranquilizantes. Acordava de quando em vez e me sentia em ambiente estranho, diferente. Era o hospital, com seus aparelhos estranhos, com médicos e dois enfermeiros andando de um lado para outro. Não tinha condição de raciocinar direito, estava muito agitada, e os pensamentos iam e vinham como numa tempestade. O corpo, sofrido pela enfermidade duradoura, recusava-se a me obedecer. Nuvens coloridas desfilavam diante de mim, num redemoinho que me deixava cada vez mais tonta. Era o fim. Eu pressentia. A apreensão e a saudade cada vez maior de meus filhos invadiam o peito, e a última coisa de que tive consciência foi de fazer uma prece pedindo a Deus pela minha família, meus filhos, netos, esposo, noras e todos aqueles que me eram muito caros.

A saudade... Oh! Como dói, muito mais que a dor física, muito embora a tranquilidade de haver cumprido minha missão de mãe me invadisse o ser sofrido e me proporcionasse certa harmonia. Foi aí que pude sentir a tão almejada paz. Envolveu-me uma serenidade repentina. Ouvia vozes sem conseguir identificar a procedência. Algumas julgava desconhecidas, outras me lembravam a de algum amigo. Balançava-me entre os dois mundos, mais calma, e, como num filme de cinema, começaram a passar imagens diante de meus olhos. Adormecia e acordava, enquanto as imagens continuavam. Eram as cenas de minha vida. Adormeci, sem dores, sem fadigas, apenas dormi. Desconheço quanto durou esse momento, pois perdi a noção de tempo, do ambiente, do hospital, de tudo. Apenas o sono. Sentia-me, em alguns instantes, como se flutuasse em espumas; deixava-me embalar no sono confortador, sem pesadelos, sem apreensões.

Não sei por quanto tempo permaneci nesse estado, até que escutei a voz de alguém me chamando, de muito longe, como se estivesse num sonho. Aos poucos fui recobrando a capacidade de pensar, a voz continuando a me chamar, agora mais perto, cada vez mais perto. Era uma voz doce, masculina, suave; parecia de alguém já de idade. Julguei ser de algum médico.

Acordei aos poucos, mas não abri os olhos. Estava pensando, relembrando o que sucedera comigo. "Estarei morta?" — me perguntava. Mas eu estava pensando, me apalpava e podia sentir meu corpo. Aí, acabaram-se as apreensões. Estava viva, definitivamente viva. Um pouco fraca, mas viva. Resolvi abrir os olhos devagar, e a primeira coisa que pude ver foi um par de olhos amendoados olhando para mim, olhos mansos que me fascinavam... Acho que nunca mais esquecerei aquele olhar. Era um médico sim, um velho, não tão velho, mas já idoso, com um sorriso encantador, que me transmitia uma segurança muito grande.

Estava no hospital sim — mas em outro quarto, eram outros móveis. Sentia-me ligeiramente fraca, porém, de resto, estava bem. Não sentia mais a angustiante falta de ar, e o coração parecia estar normalizado. Alguma coisa estava diferente, no entanto. Meus pensamentos pareciam mais claros, rápidos, e conseguia raciocinar melhor, sem as dificuldades de antes. Àquela altura já havia decidido: não ficaria mais um minuto sequer no hospital. Tinha que ir para casa, trabalhar, fazer qualquer coisa, menos ficar ali parada, olhando não sei o quê. Nunca fui de ficar de braços cruzados. Resolvi, em alguns segundos, falar com o médico. Parecia-me uma pessoa muito boa e agradável; sentia-me bem com ele.

Enquanto esses pensamentos me ocorriam, era impossível não reparar no hospital. Havia algo estranho no ar: desde as cadeiras e janelas até o ar fresco entrando, pela manhã; tudo era curioso, diferente, mas bom. Fazia-me bem.

Resolvi, então, falar, já que o médico — pelo menos eu pensava que ele o era — não dizia nada. Só me olhava com seus olhos mansos, a barba alva e o sorriso de criança; havia nele muito carinho para dar.

— Então, doutor — arrisquei. — Desta vez escapei, né? — falei com voz um pouco fraca. — Parece que sou osso duro de roer, a morte passou e foi sozinha. Acho que desta vez chegou perto.

— É, Everilda, realmente ela passou, mas agora convém que você fique tranquila, em repouso, até recuperar-se mais. Agora que acordou, é bom que se dedique ao estudo, conforme sua disposição, pois teremos muito trabalho pela frente.

Era estranho: as palavras me saíam com facilidade, embora a debilidade e a fraqueza. Algumas lembranças forçavam para se tornar mais conscientes em minha memória, enquanto eu tentava entabular uma conversa com o médico.

Falei-lhe da vontade de ver meus filhos, a família, e que, de mais a mais, já estava boa, queria ir para casa, recuperar-me lá, junto aos familiares. No fundo, já sabia que algo havia acontecido comigo, apenas adiava o reconhecimento da verdade. Claro: eu desencarnara. Tudo seria diferente agora. Uma nova realidade se desdobraria diante de mim. Era o começo de uma nova etapa.

Naqueles primeiros tempos da vida além-túmulo, fui constantemente assistida pelos espíritos de alguns amigos que me precederam na grande viagem. Recebi instruções de vários companheiros, que foram para mim como verdadeiros anjos da guarda, tolerando-me as perguntas frequentes, a curiosidade e a insistência para rever meus filhos, minha família e os amigos. Na ânsia que me invadia, fui amparada sobretudo pelo espírito de minha mãe, que se revelou uma grande amiga de todas as horas.

O tempo passou. Dediquei-me aos estudos, à revisão de meu passado espiritual e, pouco a pouco, conscientizei-me das responsabilidades ante a nova realidade da vida espiritual. Participei de estudos, palestras e excursões em regiões do mundo extrafísico, sempre tendo em vista que me instruir era um dos requisitos importantes a fim de obter a chance de rever meus filhos. Ah! Como é bom sentir-se amada, sentir-se relembrada nos pensamentos e orações daqueles que nos amam.

Certo dia, recebi um convite de um dos espíritos que me ajudava:

— Vamos, Everilda! Você recebeu permissão de retornar para ver, por alguns momentos, seus filhos e sua família.

A notícia me chocou, embora a alegria repentina que me envolveu. Não esperava que pudesse, tão cedo, visitar meus filhos. Na verdade, durante todo o tempo insisti na possibilidade da visita, porém, quando surgiu a ocasião, não acreditei.

Preparei-me toda, como nos antigos tempos, quando encarnada. Arrumei os cabelos, olhei se estava vestida adequadamente; em suma, tudo isso que uma mulher faz — ou deveria fazer — quando está para fazer uma viagem ou visitar alguém que lhe é caro.

A viagem foi algo muito inusitado para mim.

Não podia imaginar que espírito precisasse de veículos para se locomover. Foi muito diferente, talvez estranho mesmo, quando fui convidada a entrar numa espécie de trem, algo com uma aparência que nunca tinha visto antes. Raciocinei, em frações de segundo, que, se os outros espíritos entravam no trem, era seguro que eu também fizesse isso, calando-me por ora quanto às minhas impressões. Afinal, não havia como morrer novamente. Pelo menos foi o que pensei. Dentro do veículo, acomodei-me de tal modo que foi inevitável associar a situação com as lembranças de como fazia nas tantas vezes em que pegava o trem na cidade onde morei, quando encarnada. No entanto, o trem aqui era diferente: muito mais limpo, moderno e com espaço suficiente para que pudéssemos caminhar, além de assistir, numa tela à nossa frente, às orientações que nos chegavam diretamente da cidade espiritual à qual nos vinculávamos.

Ao nos aproximarmos da cidade, o veículo semelhante a um trem pousou em cima de uma montanha que me era muito familiar, pois, durante todo o tempo em que ali morei, via a formação rochosa ao longe, emoldurando a silhueta da cidade. Era o Pico da Ibituruna, um símbolo do lugar. Assim que desci com meu instrutor e meus novos amigos, vi-me levitando, quase deslizando montanha abaixo. Eu estava eufórica, quase alterada, pelo fato de estar para rever minha família. Rumamos rápida e diretamente para o sobrado onde morei, no bairro onde se localizava a casa que um dia construí. Aliás, a última das casas, pois havia várias outras em meu currículo de encarnada.

Retornei ao antigo lar, onde travei minhas últimas lutas e sofri muitas dores. Deparei com um imóvel vazio, sem a alegria de antes, sem meus filhos, sem ninguém. Assustei-me com o fato de não encontrá-los ali; haviam se mudado para outra cidade logo após meu desencarne.

Com o auxílio de Matilde e de outra companheira, dirigi-me para a residência atual de meus amados. Desta vez não tomamos o veículo, embora a distância até a nova morada fosse aproximadamente de 100km, segundo os padrões terrenos, noutro município. Matilde pegou minha mão e se concentrou:

— Tente ficar ligada a mim, Everilda. Lembre-se do que lhe ensinei. Pense em seus filhos e procure recordar a paisagem da cidade para onde vamos. Você a conhece, lembra?

Em minha memória revi pormenores de Ipatinga, que conheci muito bem quando encarnada. Fixei o pensamento em minha filha, Marvione, e em Bá, assim como visualizei da forma mais intensa que pude a cidade próxima. Quando abri os olhos, a pedido de Matilde, já estávamos no novo endereço. Eu não podia ver aquilo como algo normal. Na Terra, nunca experimentara um meio de locomoção como esse. Fazia-me lembrar os filmes de televisão, o seriado *A feiticeira*.

Matilde me socorreu:

— Deixe de se assustar assim, Everilda. Dessa maneira, você não terá condições de ver seus filhos.

Recompus o equilíbrio imediatamente.

— Deus me livre, Matilde! Já estou aqui bem perto e você me fala da possibilidade de não me encontrar com meus filhos?

Não entendia ainda os motivos pelos quais minha filha resolvera se mudar da casa onde morávamos e, mais ainda, em outra cidade. No entanto, o coração batia acelerado, as lembranças vinham à tona com a força das águas de uma cachoeira, e então me recusei, naquele momento, a buscar explicações que somente mais tarde eu estaria preparada para compreender.

Adentramos um ambiente totalmente novo para mim. Era uma casa simples onde se alojaram. Notei a falta dos móveis, mas aquilo era o que menos me ocupava a mente.

Vi Bá e Marvione sentadas à mesa ao lado de meu filho Robson, que conversava com elas. O assunto era a sobrevivência do espírito, a imortalidade da alma. Notei lágrimas comoventes caírem dos olhos de Marvione, enquanto Robson tentava conter as suas, logo abraçando as duas.

As emoções invadiram-me a alma assim que pude rever minhas filhas queridas, Marvione e Maria, ou Bá, as quais, quando cheguei, estavam justamente falando de mim. Todas nós chorávamos. Embora não pudessem registrar minha presença com os olhos físicos, sentiam-me no fundo do coração, nos escaninhos da alma. Orei junto delas e, ao mesmo tempo, recebi as vibrações do amor que emitiam. Custava-me conter as lágrimas de mãe saudosa, desejando retornar, poder sentir os meus filhos nos braços, afagá-los com o meu carinho.

Matilde, sempre prestimosa, interveio:

— Agora isso é impossível, Everilda. Estamos do outro lado da vida, e você deve aceitar definitivamente o fato de que não tem mais o corpo de carne.

No entanto, poderá ser o anjo de guarda que ampará os seus filhos, auxiliando-os na medida do possível, naquilo que puder, através do pensamento, das diversas formas que, com o tempo, aprenderá.

— Quer dizer que poderei estar perto de meus filhos novamente?

— Claro, minha amiga! Afinal de contas, as mães, quando desencarnam tendo cumprido suas tarefas conforme a programação do Alto, fazem-se muitas vezes anjos de amor e ternura, que iluminam as vidas daqueles que amam. Sob esse aspecto, a mãe se torna, na verdade, a voz de Deus que se faz audível por intermédio dos pensamentos sugeridos a seus filhos. Poderá voltar quantas vezes se fizer necessário, Everilda, e seus filhos sentirão o afago de suas mãos, o murmurar de sua voz ou o beijo confortador, cheio de energias revigorantes ou calmantes, nas ocasiões em que se achegar a eles, falando-lhes pelo pensamento e pelo coração. Aquilo que você conquistou com seu amor é uma missão que deverá ser desempenhada com a mais profunda gratidão a Deus, nosso Pai, que jamais desampara seus filhos. Nas horas de dificuldade, eles captarão a inspiração que lhes poderá enviar. Nas lutas diárias, você será a lembrança mais querida que os acompanhará, e, em qualquer circunstância que viverem, poderão ser conduzidos pelas portas abençoadas do sono físico, desdobrados, até o lado de cá da vida, ocasião em que terá a chance de abraçá-los, beijá-los e trocar experiências salutares, fruto do seu amor de mãe.

— Será que se lembrarão dos nossos encontros quando acordarem no outro dia?

— Eles se sentirão mais revigorados, mais tranquilos, enquanto sentimentos de satisfação e alegria os dominarão na intimidade da alma. Aqueles que tiverem mais sensibilidade poderão percebê-la com mais nitidez e guardarão lembranças mais coesas. Em qualquer situação, entretanto, você poderá se utilizar dos mecanismos de emancipação da alma através do sono para falar com os seus, e eles terão, no outro dia, a certeza de haver se encontrado com você, guardando as doces lembranças dos sonhos que tiveram.

Lembrei-me dos encontros que tivera com meu filho Robson, quando ele me visitava, aqui deste lado, através do desdobramento. Foi a experiência mais emocionante que tive deste lado, ao constatar que não estava separada dos meus antigos afetos. Deus providenciara os recursos necessários a fim de que aqueles que se amam continuem se relacionando, mesmo após a transposição dos umbrais da vida, proporcionando oportunidades de intercâmbio que muito beneficiam nosso impulso de amar.

Revi mentalmente a paisagem da cidade espiritual, recordando certa ocasião em que meu filho me esperava ao lado de uma imensa torre, feita de um material transparente semelhante a cristal. Estava desdobrado. Encontrei-o sentado numa pedra, contemplando a cidade espiritual onde eu estagiava após a morte do corpo físico. Cheiro de lírios perfumava a atmosfera, quando dele me aproximei sorrateiramente, com o coração batendo acelerado. Quando me viu, levantou-se em prantos e nos abraçamos, chorando como crianças. Foi um encontro maravilhoso e, a partir daquele dia, passamos a nos rever periodicamente junto ao jardim da pequena morada onde me alojei, do lado de cá da vida.

Junto com essas lembranças, vi meu filho despedir-se das duas que mais amava. Ficaram para trás Marvione e Bá. Robson resolveu partir para consolar seu coração em outro lugar. Enquanto permaneceu em Ipatinga, cidade para onde se mudou minha filha, Robson fazia o papel de consolador das duas irmãs. Porém, agora ele precisava de alguém para consolá-lo. Resolvi ficar um pouco mais, sob a supervisão atenta de Matilde, e ver o restante dos familiares, bem como o lugar onde passei os últimos momentos de minha vida física. Deparei com muita coisa sobre que merecia refletir.

Após aqueles instantes de profundo sentimento, e transcorrido certo período de tempo, soube que meu filho se dirigia a outra cidade mineira, em busca de conforto para as suas saudades. Senti-me compelida a aproximar-me das vibrações de seu coração, sempre acompanhada de Matilde, que me orientava naqueles momentos.

Transpus o espaço físico entre uma cidade e outra sem a menor dificuldade. Afinal, agora estava mais acostumada com o método de locomoção utilizado com destreza por minha amiga e orientadora espiritual. Era conduzida por Matilde e guiava-me pela vibração de meu filho. Estava em Uberaba, no Triângulo Mineiro. A multidão reunia-se em frente a uma casa espírita na esperança de receber algum consolo e orientação, quem sabe a notícia de algum parente que havia partido para o outro lado da vida?

Avistei meu filho no meio do povo, parecendo-me inquieto e ansioso e trazendo a mente cheia de imagens de nossas experiências quando ainda encarnada. Senti-me impulsionada para perto dele, como se uma força poderosa me impelisse. Matilde socorreu-me de imediato, explicando-me:

— É a força do amor, Everilda. Vocês dois sempre tiveram grande envolvimento, e suas almas se encontram comprometidas nos mais sagrados laços desse amor, desde muitos séculos. Nesse local, em meio a tantas vibrações positivas, à atuação de equipes espirituais bem direcionadas e ao próprio clima psíquico desenvolvido pelos médiuns que aqui trabalham, os pensamentos de seu filho se intensificam, juntamente com a sua emoção de estar aqui. Para ele, é valiosa a oportunidade de compartilhar desse clima de espiritualidade que envolve o ambiente espiritual da casa.

Naquele dia pude perceber como eu realmente era amada pelos meus filhos. Ele enfrentou dificuldades econômicas a fim de sair de casa e dirigir-se a Uberaba, na esperança de poder receber alguma notícia minha.

Na esfera extrafísica, encontrava-se grande multidão de espíritos que formava imensa fila, cada qual esperando poder enviar seu recado a parentes, amigos e seus amores que ficaram no mundo físico. A mesa em que se encontrava o médium estava visivelmente envolta numa espécie de campo de energia, e um perfume de rosas impregnava o ar, acalmando a ansiedade de encarnados e desencarnados presentes.

Espíritos iluminados passavam constantemente entre nós, assemelhando-se a cometas que rasgam as noites, iluminando-nos com suas vibrações doces e suaves. Alguém em nossa dimensão, um senhor de estatura alta e intensa força mental, trazia uma espécie de prancheta com diversos nomes de espíritos que haveriam de se utilizar do médium naquela noite, a fim de enviar suas mensagens.

Acomodei-me em determinado canto do pequeno salão, próxima a meu filho, que chorava muito com as emoções que experimentava por estar ali. Eu afagava-lhe os cabelos, enquanto Matilde se dirigia à mesa mediúnica, falando com o dirigente espiritual da reunião da noite. Recolhi-me em prece, rogando a Deus por aquela multidão que vinha em busca de algum consolo para suas mágoas, dores e sofrimentos.

Deixei meu filho sentado e dirigi-me para perto de um espírito que chamava atenção pela maneira amorosa com que atendia às pessoas. Quando passava a mão sobre a cabeça de alguém, suave luz envolvia seu assistido, causando-lhe imenso benefício. Pedi para auxiliar de alguma forma e fui imediatamente aceita na equipe de trabalho, encarregando-me de ajudar as mães que vinham pedir notícias de seus filhos desencarnados. Fiquei imensamente satisfeita com a oportunidade que me fora concedida e pus-me a trabalhar. Era tanto por fazer que logo me envolvi inteiramente na tarefa que me fora confiada. O trabalho sempre fora para mim motivo de alegria, e deste lado, desde que despertei para a verdadeira vida, nunca me permiti um único momento de ociosidade.

Envolvida com o consolo a outras mães desencarnadas, não vi o tempo passar, até que meu nome foi pronunciado por elevado companheiro da Vida Maior, que orientava os trabalhos da noite.

— É a sua vez de mandar o seu recado — falou o amigo espiritual. — Aproveite e fale ao seu filho.

— Mas como? Eu nem sei como fazer para escrever pelo médium e...

— Calma, minha irmã. Sei que a emoção é muito grande, mas não tem nenhum mistério. Nós a auxiliaremos. Concentre-se. Aproxime-se do médium, feche os olhos e imagine-se perto de seus filhos. Fale pelo pensamento com todo o amor que você tem para com eles.

Concentrei-me intensamente. Orei a Deus e agradeci a oportunidade de estar ali, amparada. Coloquei em meus pensamentos tudo o que desejava falar ao meu filho. Abri lentamente os olhos e pude perceber tênues fios que partiam de mim e iam ao encontro do médium. De sua cabeça e de seu coração emanavam suaves vibrações, enquanto uma luminosidade azul e dourada nos envolvia a ambos. O mentor que me convidara envolveu-me em abraço fraterno e pude então perceber-lhe mais intensamente o pensamento, que me auxiliava. Seu nome? Bezerra de Menezes.

A mão do médium começou a correr veloz sobre o papel:

Meu filho, sou eu mesma que retorno para falar-lhe ao coração saudoso, como antigamente lhe falava quando encarnada. Embora estejamos em planos diferentes, posso afirmar que a morte não conseguiu destruir o amor que tenho por você e por todos os meus filhos. O coração de carne na verdade está morto, mas continuo amando e sentindo e recordando com imenso carinho as noites que passamos falando de Deus e de Nosso Senhor Jesus Cristo.

A saudade é muito grande, e, no momento em que você estiver ouvindo estas palavras, estarei ao seu lado abraçando-o como sempre fazia quando aí estava. Sei que você sofre igualmente a dor da separação, mas estaremos sempre unidos no trabalho que Deus nos reservou.

Não se esqueça de sua irmã Marvione e da querida Bá; vocês precisam permanecer unidos em amor, a fim de suportarem as dificuldades com fé em Deus. Embora muitos me julgarão como se fosse o demônio que tenta atormentá-los, sou e continuo sendo a mãe de vocês, que, mesmo estando em outra forma de vida, permanece com o amor de sempre, acrescido da saudade que neste momento nos invade o peito.

A vida continua, e posso testificar isso para alegria nossa. O amor não pode jamais ser destruído pela sepultura, que neste momento está vazia, pois você bem sabe que estou viva, muito viva deste lado da vida.

Meu pensamento continuou por algum tempo; à medida que eu pensava, o médium ia traçando as palavras velozmente. Sua mão irradiava intensa luz, como se fosse uma lâmpada, e o papel onde era psicografada a mensagem, juntamente com o lápis utilizado, pareciam ambos translúcidos, de uma beleza indescritível. Era a mediunidade a serviço da consolação. Era Jesus voltando aos corações.

Concluída a psicografia das mensagens e, mais tarde, lendo-se uma a uma ao final da noite, profundas emoções dominavam a todos no ambiente.

De lá partimos agradecidos a Deus por sua bondade infinita.

As estrelas cintilavam distantes quando saí abraçada com meu filho, tendo os olhos cheios de lágrimas e o coração e os pensamentos vibrando ante as perspectivas do futuro, que a todos nos aguardava. Não sabia, ainda, que teríamos muito a construir no trabalho em benefício do próximo. Pude aprender, a partir daquela experiência, quanto o espiritismo fazia em prol da humanidade. Percebi a bondade do Pai, permitindo a comunhão de seus filhos dos dois lados da vida. Era o triunfo da vida sobre a morte, do amor sobre a sepultura.

CAPÍTULO 3

MARCAS *do* PASSADO

Estávamos reunidos em vasto salão, onde um amigo mais esclarecido explanava a respeito dos desafios vivenciados por aqueles que se encontravam na Terra, mergulhados na experiência reencarnatória. Ao fim da exposição, fui convidada por Matilde a participar de uma caravana de estudos e socorro que tinha por objetivo assistir alguns espíritos que se encontravam no corpo físico.

A noite apresentava-se de forma nova para mim, com a Lua emitindo suaves vibrações, que enchiam meu espírito de saudosas lembranças do lar dos antigos afetos, da família que deixara na Terra. A excursão, para breve, dava-me a esperança de que talvez pudesse rever os filhos queridos, a família que ficara para trás, ainda na roupagem terrena.

Enchia-me de nostalgia, olhando as estrelas que cintilavam distantes, agora com novo brilho, revelando a atuação do nosso Pai amado. Suave luminosidade em tons azulíneos parecia irradiar-se da criação, como a falar da vida sempre estuante e bela, presente em todos os setores do universo. Tudo na natureza nos fala de Deus, e nossa própria alma parece refletir este estado de união com a consciência universal.

Enlevada com tal pensamento, agradeci a Deus pela oportunidade que me concedera de estar ali, nesta *colônia*, como dizem os espíritos que ali vivem. Trata-se, na verdade, de uma cidade, que lembra um diamante incrustado nos céus do Brasil, em razão das luzes que irradia para as regiões sombrias, de modo a clarear os caminhos de quantos se dispõem a palmilhar a árdua via da iluminação interior. Além, é claro, de clarificar os espíritos que à sua comunidade se agregam em trabalho edificante.

Quando ainda divagava, sempre agradecida

ao Pai, alguém tocou em meu ombro direito com suavidade. Mesmo sem me voltar, sabia ser o espírito amigo do qual tanto me fiz devedora neste pequeno tempo de vida além-túmulo: a querida Matilde. Pude perceber seu pensamento quando a mim se dirigiu:

— Minha amiga, devemos realmente ser gratas ao Pai pelas bênçãos concedidas, como também é compreensível a saudade de nosso antigo lar, onde permanecem os companheiros ainda envolvidos com as provas que fazem parte da realidade de quem está sobre a Terra. No entanto, convém não nos demorarmos nessa introspecção que envolve a alma, nos arrebatamentos por nossos afetos. Permaneçamos gratas a Deus por nos ter ampliado os círculos familiares além da esfera física, mas saibamos também entregar ao Pai as próprias lembranças e, por nossa vez, continuar a trabalhar.

— Bem, acredito que já é hora de visitar a Terra. Vamos ter muitas oportunidades de aprendizado, tenho certeza — disse a Matilde, voltando-me para ela. — Quanto a mim, estou aprendendo a ver em todos a família que Deus me deu. Também as visitas periódicas de minha mãe e dos outros que chegaram antes de mim têm me fortalecido para os trabalhos a realizar.

— Realmente, aqui aprendemos a todo momento. Creio que, com a nossa visita à Crosta, colheremos farto material para aprendizado. Sigamos, pois.

Assim que saímos daquele local, acercaram-se de nós mais dois espíritos amigos e, em meio a conversações edificantes, dirigimo-nos à Crosta. Éramos Matilde, Genaro, Libório, Alfredo, Ernestina e eu. Em tarefa de socorro e aprendizado, iniciamos a chamada *descida* ou *descenso vibratório*, enfrentando ambientes cada vez mais densos, em direção à superfície do planeta. Estranha sensação dominava-me o espírito com a aproximação da Crosta:

talvez a saudade do lar, da família e a recôndita esperança de revê-los, embora a responsabilidade da hora na tarefa de aprendizado.

A caravana partira. Achegou-se a nós outro grupo de espíritos, que vinha de plano diferente do nosso; após breve conversa com Matilde, a caravana tomou a direção de certa metrópole localizada na região sudeste do nosso querido Brasil. A noite estava calma, e, apesar das agitações e turbulências que ora caracterizam a paisagem terrestre, pela invigilância dos homens, a caravana prosseguiu, auxiliada pelas energias emitidas através de nossas preces e hinos. Enquanto cantávamos, intensa luminosidade irradiava do peito de cada componente da caravana, cada qual com intensidade e colorido próprios.

Um médico que nos acompanhava acercou-se de nós e, colocando a destra sobre nossa fronte, mostrou-nos belíssimo quadro. Desdobrava-se ante nossa visão espiritual o panorama da Terra, coberta de espessa escuridão. À medida que eu olhava mais detidamente, porém, apareciam alguns pontos de luz, poucos a princípio, depois em maior quantidade, e logo foram enchendo várias regiões. Pareciam as luzes de alguma cidade iluminada, à noite, ou o céu estrelado.

Segundo nos explicou o prestimoso companheiro, os pontos de luz representavam lares na Terra onde se realizava o culto cristão do Evangelho[16]; luzeiros a clarear a paisagem terrena, ao mesmo tempo atuavam como pontos avançados

[16] É legítimo questionar se esta afirmativa não poderia ser entendida como incentivo ao formalismo religioso, dando a idéia errônea de que basta a prática sistemática do culto para fazer do lar "um ponto de luz". Sem dúvida, em alguma medida esta pode ser a opinião de algum dos personagens e até mesmo de certos adeptos do espiritismo. A filosofia espírita, contudo, é clara ao rejeitar a validade de toda demonstração exterior de devoção e adoração a Deus, assim como de qualquer liturgia ou comportamento ritualístico, caso ocorram dissociadas ou em detrimento do mais importante: a prática da caridade. Além de firmar-se nos argumentos apresentados por Allan Kardec e pelo espírito Verdade, a doutrina espírita assenta-se sobre as afirmações de Jesus, que defendeu essa tese em mais de uma ocasião. Numa das passagens mais eloquentes, alerta: "Ai de vós, escribas e fariseus, hipócritas! Dais o dízimo da hortelã, do endro e do cominho, mas negligenciais o mais importante da lei: a justiça, a misericórdia e a fé. *Devíeis, porém, fazer estas coisas, sem omitir aquelas*" (Mt 23:23 — grifo nosso).

dos Planos Superiores, verdadeiros oásis onde poderíamos respirar o mesmo clima da colônia de onde vínhamos.

Explicou-nos a importância fundamental da realização do culto do Evangelho no lar. Se todos os lares que se consideravam cristãos o realizassem, concedendo cada qual a oportunidade de Jesus adentrar o ambiente doméstico[17] ao menos uma vez por semana, através da oração em família, certamente há muito o clima psíquico do orbe teria mudado. Cabe esperarmos e trabalharmos em conjunto, os espíritos desencarnados e encarnados, para que o maior número possível de lares na Terra dedique alguns momentos a essa prática salutar.

Prosseguíamos agora em menor velocidade, em direção a uma casa de aparência simples, num

[17] Também é legítimo indagar: realizar o culto do Evangelho é necessariamente abrir espaço para Jesus no íntimo do lar, verdadeiramente? A rigor, não. Pois é possível atender-se à obrigação semanal como um compromisso qualquer, sem que a alma nada tenha a ver com o que a boca pronuncia ou os olhos leem. Por isso, é importante estar atento a esse aspecto ao defender-se a difusão do culto no lar. Os espíritos da codificação do espiritismo cuidaram de fazê-lo zelosamente,

bairro afastado, da periferia. De longe avistávamos uma claridade que irradiava daquela residência, semelhante a um farol. O rastro de luz abria caminho por entre as sombras, atraindo vários grupos de desencarnados, que seguiam a luminosidade aquecidos pela suave vibração que a caracterizava. Uma equipe do nosso plano já nos aguardava a chegada àquele lar, que funcionava como posto avançado de socorro da colônia espiritual.

Agora era necessário que nos refizéssemos da viagem. De certa forma, o deslocamento era penoso, devido às vibrações do ambiente terreno, principalmente à noite, quando não se conta com a bênção dos raios solares, que, com a radiação que lhes é própria, queimam muitas formas-pensamento desequilibradas.

O período noturno proporciona relativa folga

dando vários alertas a esse respeito, como quando abordam o tema *oração*: "Que importam ao Senhor as frases que maquinalmente articulais umas às outras, fazendo disso um hábito, um dever que cumpris e que vos pesa como qualquer dever?" (KARDEC, Allan. *O Evangelho segundo o espiritismo*. Rio de Janeiro, RJ: Feb, 2002. 120ª ed. Tradução de Guillon Ribeiro. Cap. 27: "Pedi e obtereis", item 22, p. 488).

dos afazeres diários à maior parte das pessoas, o que favorece a vazão dos desvarios mentais, criando-se, com as emissões coletivas e individuais, verdadeiras culturas de larvas astrais ou parasitas energéticos. O mecanismo é fácil de ser compreendido. O produto do pensamento humano — que é tão real para os espíritos quanto os objetos, para o homem —, acompanhado por emoções do mesmo gênero, aglutina elementos dispersos na atmosfera e insufla vida temporária nas formas energéticas, que passam a se comportar de modo autônomo. É a propriedade criadora do pensamento, tão trivial quanto desconhecida do homem comum.

Como um ser vivo qualquer, de natureza parasitária, as larvas astrais buscarão alimentar-se e, em última análise, sobreviver, prolongando sua existência ao máximo. Escravos do impulso natural de conservação, esses seres, também chamados de *elementais artificiais* — pois dotados de vida pela mente humana, em caráter temporário —, costumam agregar-se ao perispírito de encarnados que oferecem alimento mental análogo àquele encontrado na fonte de onde se originaram. Sem mencionar os casos frequentes em que tais indivíduos são alvo da ação magnética perniciosa de desencarnados com alto poder magnético, quando o processo de contaminação fluídica ocorre com maior pujança, por ser induzido.

Como pude observar em diversas ocasiões, culturas de larvas astrais infectam preferencialmente ambientes onde as massas se reúnem a fim de adotar comportamentos sem reservas de natureza moral ou com o pensamento desvinculado de objetivos elevados. Em tais situações, além da sintonia energética, os parasitas encontram alimento farto. Casas noturnas e ambientes de liberalidade ou permissividade generalizada figuram entre os campos férteis para a proliferação de elementais artificiais de baixa vibração. A partir de onde observamos, as coletividades terrestres acabam por formar verdadeiras manchas a desfigurar a psicosfera ambiental, fato que impele a natureza a promover eventos que restabeleçam a ordem na paisagem. Dependendo da duração e da intensidade do desequilíbrio cultivado nesses lugares, os raios solares não são suficientes para queimar as criações infelizes e dissipar a espessa nuvem de emanações tóxicas que ali se formou. Faz-se necessário entrar em ação outro mecanismo natural mais drástico: as tempestades, por exemplo, com seus raios de terrífica beleza, expurgando a atmosfera de tais infecções astralinas[18].

Acompanhados de Alfredo, espírito que juntamente com Matilde nos orientava a tarefa, dirigimo-nos a uma avenida central da cidade, onde deveríamos atender ao pedido de socorro em favor de um irmão, que, encarnado, juntara-se a um grupo formado por *hippies*. O rapaz era assistido pela bondade de um espírito que a nós se apresentava como uma senhora de idade mais avançada, a qual, deste lado de cá, velava incessantemente pelo

[18] Para facilitar a compreensão, o trecho que elucida o método de criação e manutenção das larvas astrais foi acrescido, nesta nova edição, das explicações técnicas trazidas pelo espírito Joseph Gleber. A relevância de tal conhecimento para o leitor desta obra justifica a intervenção, de resto realizada em acordo com a autora espiritual, assim como todo o processo de preparação do texto, submetido a sua revisão, durante a qual chegou a incluir novos trechos. A fim de aprofundar-se no conteúdo, recomenda-se com ênfase a leitura de *Além da matéria*, notadamente dos caps. 6 e 18 (PINHEIRO, Robson. Pelo espírito Joseph Gleber. Contagem, MG: Casa dos Espíritos Editora, 2003. 10ª ed., 2009).

companheiro em dificuldade.

Paulino, o pupilo que nos reclamava o concurso, estava deitado sob a marquise de uma casa noturna desativada, em rua de pouca movimentação na área central, ao menos àquela hora. Vimos algumas entidades com trajes exóticos, que por nós passaram, sem, contudo, identificar-nos a presença. Estranhei não observar ali a presença de outros espíritos, violentos ou maus, apesar de ser o ambiente caracterizado por vibração pesada e atmosfera espessa.

Matilde, prestimosa como sempre, apressou-se em esclarecer:

— Everilda, a relativa tranquilidade do ambiente, bem como a ausência quase absoluta de entidades verdadeiramente desequilibradas por estes lados, deve-se à presença de Antônia, espírito dotado de grande capacidade de amor que zela por nosso Paulino. Embora não tenha tantas conquistas intelectuais, o amor que a caracteriza, desinteressado, confere a seu espírito um poder de irradiação tal que sua simples presença aqui, junto a Paulino, torna-se suficiente para que a várias quadras deste local se note a sua influência. É um forte obstáculo à atuação de espíritos das trevas que porventura queiram fazer arruaça por estes lados. Ademais, minha querida, vê logo adiante?

Observei ao redor e só agora pude avistar um grupo de espíritos em cada esquina, como que vigilantes, atentos a tudo que se passava nos dois planos.

— São estes — continuava Matilde — os espíritos encarregados do patrulhamento noturno, da guarda das ruas e avenidas, e que têm a incumbência de reportar aos postos de socorro mais próximos a mínima alteração na ordem local. São os responsáveis por promover o auxílio imediato àqueles que

necessitam de ajuda, nos dois planos da vida. Tais espíritos facilitam muito nossas tarefas. Quando precisamos visitar alguma residência, por exemplo. Seja nos trabalhos de psicografia, para levar algum consolo, ou nas tarefas específicas de cura e tratamento espiritual, quando se desloca uma equipe em direção ao domicílio de alguém, são os guardiões das ruas que localizam o endereço e nos conduzem ao destino com a máxima precisão.

"Neste caso, minha querida, as irradiações amorosas de Antônia congregaram vários irmãos de nosso plano, que vibram na mesma sintonia, a se dispor ao auxílio, fazendo a limpeza das ruas adjacentes. Observe quanta força tem o amor. São os guardiões estes tarefeiros silenciosos que ajudam sem impor condições, inspirados pela fraternidade universal."

Voltando nossa atenção a Paulino, pudemos observar que seu corpo físico, que repousava naquele instante, encontrava-se repleto de tatuagens em forma de serpentes e morcegos, entre outras, sobrando pouco lugar na epiderme que não estivesse coberto com as imagens nada agradáveis; sinistras mesmo. Com nossa aproximação, Antônia afastou-se respeitosamente, mantendo-se em atitude de prece, que não ousei interromper, apesar de toda a minha curiosidade.

Acompanhei Matilde, que se acercava de Paulino e ministrava-lhe energias magnéticas. Pudemos vê-lo desprender-se para o plano extrafísico, embora não sem dificuldades. A princípio, parecia revirar-se dentro do próprio corpo, emitindo alguns gemidos entrecortados ou soluços, numa nítida manifestação de medo. À medida que se intensificava a emissão magnética, ele foi-se afastando do corpo físico, quando pude observar o que realmente se passava.

Trazido para nosso plano através do recurso

magnético, Paulino debatia-se entre gritos e espasmos violentos, como se estivesse em meio a um ataque epiléptico. Aos olhos dos encarnados, seria realmente essa a primeira dedução, caso observassem suas reações. Olhos vidrados, como se fixos em algo distante, e inquietos no instante seguinte, alternadamente; pontapés e socos desferidos no vazio, como quem se debate com alguma coisa ou alguém, acompanhados sempre de gemidos de dor, denotando profunda agonia e sofrimento.

Matilde convidou-me a observar mais atentamente. Concentrei-me na região correspondente ao cérebro, e, dentro de alguns instantes, estranho panorama revelava-se à minha visão espiritual. Paulino, semiliberto do veículo físico, debatia-se em meio a criações mentais horripilantes. As figuras estampadas em seu corpo ganharam vida e, como num filme de terror, envolviam-no, enroscavam-se a seu veículo astral, num verdadeiro duelo de formas monstruosas. Na verdade, surgiam do próprio corpo do desditoso Paulino, como se fossem simplesmente extensão das suas tatuagens.

Espantada com minhas observações, afastei-me um tanto transtornada, no que fui prontamente amparada por Matilde.

Antônia então se aproximou e começou a falar, esclarecendo-nos:

— Meu Paulino vive preso em meio às próprias criações mentais inferiores. Quando na adolescência, começou a fazer uso de drogas e vários tóxicos, tornando-se rapidamente um dependente químico. Alguns recursos foram empregados pelos pais para auxiliá-lo; contudo, envolvido por conselhos e sugestões dos "amigos", desligou-se logo do círculo doméstico, não sem muitas lágrimas e sofrimento. Lançou-se desde cedo à vida desregrada, dormindo ao relento e, como não bastasse, começou a imprimir no próprio corpo as marcas da desdita, caricaturando seres sombrios, de aspectos os mais estranhos. Tornou-se vítima das próprias criações, que adquiriram vida temporária, fortalecidas pelo magnetismo de colegas com quem compartilha gostos e tendências. Com sua imaginação fértil, já sob o efeito de suas próprias emissões mentais, as formas macabras atormentam-no durante o período que deveria ser dedicado ao repouso físico, por meio do sono reparador.

"Durante o dia, Paulino mantém as atitudes mentais desequilibradas e desatentas à realidade espiritual, alimentando as criações imantadas ao próprio psiquismo. Diante do quadro enfermiço, nutre verdadeiro horror pelas horas noturnas, uma vez que já não consegue conciliar o sono, que, quando finalmente ocorre, com tantos pesadelos, é extremamente perturbador. Algumas vezes, através da prece, consegui influenciá-lo, mas, diante dos recursos humildes de que disponho — concluiu Antônia —, resolvi rogar ao Senhor o auxílio emergencial."

— Mas de onde terão vindo tais criações? — indaguei, curiosa. — Simplesmente das tatuagens em seu corpo, ou terá Paulino sido vítima de perigoso processo obsessivo?

— Observe bem, minha filha — falou Matilde. — Intensifique seus sentidos espirituais e ausculte-lhe a intimidade mais profunda...

Ao deter-me mais concentradamente sobre Paulino, observei, envolvendo seu perispírito, verdadeiro turbilhão de energias magnéticas. A impressão que tive era de que ele estava caindo num poço de grande profundidade, movimentando-se com velocidade crescente, em constante rotação. Na verdade, era o meu magnetismo que permitia essa percepção, se bem que, naquele momento, eu não sabia ao certo do que se tratava; só mais tarde descobri esse maravilhoso poder que detêm todos os filhos de Deus.

De repente, eu via cenas, cidades, pessoas e toda uma movimentação que mais se assemelhava a uma projeção cinematográfica exibida em sentido contrário, em meio a turbilhões de energia pura. Era o fenômeno da regressão de memória extrafísica, levado a termo e esquadrinhado em seus mínimos detalhes. As cenas se sucediam com espantosa rapidez, e, em dado instante, senti-me como se eu mesma estivesse imersa nesse mar de pensamentos e imagens mentais. Se algum escritor da Terra observasse o momento em que eram desencadeadas as irradiações magnéticas, certamente o descreveria como um lance de ficção científica. Para mim, era o poder da mente, liberado sobre outra mente; nada mais que a realidade do espírito em evidência, ainda que eu pouco compreendesse o fato naquela ocasião.

Pouco a pouco as cenas foram clareando. A velocidade dos fatos sob observação estava diminuindo, até que tudo parou. Atentamente, examinava agora um grande castelo medieval encravado em rochas íngremes e rodeado por extenso fosso, toda a paisagem envolvida por intenso nevoeiro.

Alguns cavalos se dirigiam ao portão central, cavalgados por homens com negras armaduras. Havia barulho de metal e de animais domésticos e o burburinho de pequeno grupo de pessoas no interior da fortificação.

Dentro dos muros, vários prisioneiros eram conduzidos por três homens corpulentos, razão pela qual o lugar se afigurava uma prisão. O grupo foi confiado ao carcereiro, um homem de aspecto não muito agradável, com vestes negras e capuz jogado sobre as costas. Ao recebê-los em custódia — foi o que entendi, mas não sei por qual processo vim a saber o que conversavam —, foi instruído a manter os homens em cativeiro até que o senhor daquelas paragens solicitasse sua presença.

Por ora, não deveriam ser torturados, ao menos até que, apurados os crimes cometidos, fossem julgados. Entretanto, tão logo partiram os soldados e ficaram a sós os aprisionados e o carcereiro, este último, com ares de pretensa superioridade, tratou de impor-se, iniciando uma discussão com os infelizes sob seu jugo momentâneo. Depois de uma série de ameaças e imprecações, sob o olhar aterrorizado dos homens desfigurados pelo ignominioso tratamento, o carcereiro os conduziu a alguns instrumentos de tortura. Fazia aquilo com um misto de morbidez e satisfação. Terminou por lançá-los em pequeno poço no centro do cárcere, local escuro e úmido onde proliferavam insetos, serpentes e outros répteis nauseabundos. A fim de inocentar-se ante a consideração do senhor daquela fortificação, inventou um pretexto, afirmando que agira movido pela insolência e insubordinação dos cativos. Bastaram poucos recursos verbais para tanto. Sua despreocupação sugeria que já aplicara tal golpe outras vezes, impunemente.

Atônita com a revelação dos arquivos mentais de Paulino, não vi direito quando sua mente retornou ao presente, quebrando o elo magnético que me proporcionava assistir aos fatos pretéritos. Tocando-me de leve, Matilde explicou:

— A mente atormentada pelo remorso projeta-o ao longo do tempo, em espaços seculares, fazendo com que o espírito se reencontre consigo mesmo, agora em nova vestimenta fisiológica. É como se o mal que promoveu se convertesse numa dívida, agora descongelada pelas necessidades cármicas de reeducação e reajuste perante as leis sublimes da vida, que ninguém pode burlar.

“Com a mente fixa nos crimes perpetrados no

passado, nosso infeliz companheiro forjou clichês ou formas-pensamento que foram preservadas durante séculos pela ação magnética de sua própria mente, torturada pelo remorso. As tatuagens impressas em seu corpo físico nada mais são do que a materialização das imagens tiradas de seu próprio psiquismo enfermo; são consequência de seu ciclo de culpa e autopunição, levado a extremos, inconscientemente, por si mesmo. Ainda há agravantes, no caso de Paulino.

"Uma vez impressas em sua pele, sobretudo por meio de um processo lento e doloroso como a tatuagem, que marca indelevelmente o sujeito, fortes emoções são mobilizadas, e estabelece-se um círculo vicioso que retroalimenta seus conflitos e cobranças. Quer dizer: o remorso se vincula às figuras horripilantes, que, tatuadas em todo o corpo, relembram os feitos terríveis, suscitando mais culpa.

"E isso não é tudo. Devido às emoções desequilibradas e sob o imperativo do magnetismo natural daí decorrente, o fato de Paulino submeter seu corpo físico à tatuagem de seus 'fantasmas' mais íntimos fez com que ele impregnasse as próprias células perispirituais do conteúdo de seus clichês mórbidos. Tudo se passa quase como se as figuras tivessem sido tingidas também sobre a epiderme psicossomática, que vibra em dimensão ligeiramente superior à da contraparte física e, como consequência, apresenta-se mais sensível ou impressionável.

"Em resumo: a imagem viva das criaturas peçonhentas utilizadas no pretérito, e todo o significado que traz em seu bojo, acompanha e atormenta Paulino tanto na intimidade do seu espírito quanto em seus veículos de manifestação físico e espiritual. Imerso no sono físico, torna-se insuportável a convivência consigo mesmo, o que evidentemente se reflete durante a vigília, ainda que não de modo consciente[19]."

— As garras do passado, que lhe faz refém e lhe cobra reajuste, estão por todo lado; é

[19] Sob essa perspectiva, chega a fazer sentido inclusive a busca de Paulino por narcóticos, claramente movida pela ânsia de anestesiar-se, desligar-se ou ao menos encontrar algum alívio para todo esse complexo mecanismo de tortura que seu próprio psiquismo forjou para si. É certo que esse remédio é ilusório: apenas mascara os sintomas do drama consciencial e, ainda por cima, causa dependência, aniquila a saúde e acarreta graves consequências para o futuro. Não se trata, portanto,

possível imaginar o sofrimento que experimenta ininterruptamente.

— É verdade, Everilda. Eis um retrato da dura auto-obsessão que acomete o protegido de Antônia.

Diante do que vimos, pudemos admirar ainda mais o devotamento de Antônia, amoroso espírito que fora avó de Paulino em sua mais recente reencarnação. Pude vislumbrar também o potencial que Deus pôs à disposição de nós, seus filhos, no que tange à utilização da energia magnética presente em toda a criação. Um poder que, usado com sabedoria, transforma a criatura numa potência consciente em serviço de cocriação, guardadas as devidas proporções com relação ao Pai. As mesmas energias, quando mal ou desequilibradamente utilizadas,

de legitimar a fuga do personagem, porém forçosamente reconhecer que é possível compreender suas motivações. Compreender as razões que levaram o outro a agir assim ou assado é, sem sombra de dúvida, poderoso fertilizador da compaixão, e, ao promovê-la, o conhecimento espírita cumpre seu nobre papel. Quem sabe não foi análise similar a essa que inclinou espíritos superiores a autorizarem a diligência de socorro a Paulino, a partir dos clamores de Antônia?

pelo abuso ou pela transgressão consciente das leis universais, tornam-se o ímã que encarcera o ser às suas próprias realizações inferiores, gerando o sofrimento que o educará e, em última instância, o instigará ao reparo do que foi maculado, proporcionando o natural reajuste ante as leis cósmicas[20].

Após as preciosas lições, a equipe médico-espiritual que nos acompanhava acercou-se de Paulino, desdobrado por recursos magnéticos, e o transferiu para uma maca equipada com alguns recursos do que poderíamos designar como *tecnologia sideral* ou *espiritual*. Em seguida, foi conduzido ao hospital de nossa colônia, com o objetivo de iniciar intensivo tratamento. Enquanto era transportado, ministrávamos recursos fluidoterápicos em sua estrutura física, preparando-o integralmente

[20] Cabe a ressalva de que a dor *em si* não repara nada, mas sim as obras executadas com amor proporcional à dimensão das faltas cometidas. O mérito daquela está no fato de despertar o ser — e convencê-lo — a reeducar os impulsos da alma. Por isso julgamos inadequada a redação original da conclusão deste parágrafo, que a certa altura afirmava: "só os séculos de dor e provação poderão proporcionar o natural reajuste ante as leis cósmicas". Tais palavras poderiam induzir ao erro de

— corpo e espírito — para a nova fase de recuperação, ora iniciada.

Na companhia de Antônia, saí em direção a uma casa espírita, recorrendo aos mentores dessa fraternidade com o intuito de que delegassem mais companheiros de nosso plano para o acompanhamento do caso Paulino. O espírito da avó, profundamente agradecido a Matilde e aos demais, juntou-se à nossa caravana, assumindo desde logo tarefas importantes na excursão.

Após breve prece dirigida ao Pai Eterno, deslocamo-nos rumo a outras tarefas.

inferir-se que a lei divina guarda semelhanças com a pena de talião. Ora, de que adianta sofrer se o sofrimento não provocar modificação interior e manifestações dessa transformação, por meio de obras redentoras? Afinal, não é esta uma das finalidades principais do espiritismo, a renovação íntima?

CAPÍTULO 4

SALU, *a* GRÃ-SACERDOTISA

A CARAVANA PROSSEGUIU sob a orientação de Matilde. Contávamos agora com a adesão de Antônia, espírito protetor de Paulino, dotado de grandes conquistas na área do sentimento. A nova integrante atraiu a simpatia de todos, embora desenvolvesse especial amizade por Aristeu, o médico que nos acompanhava.

Matilde e Alfredo convidaram-nos a visitar uma companheira que, já há algum tempo, recebia cuidados dos espíritos de nossa colônia, sem, contudo, demonstrar sinais de melhora. Segundo contou-nos Alfredo, essa irmã, ainda reencarnada, vivia em completa penúria, apresentando quadro gravíssimo, segundo o ponto de vista de alguns companheiros encarnados. Andava de rua em rua, dormindo sob marquises e alimentando-se de restos de comida encontrados em latas de lixo. Raramente aceitava uma ou outra doação feita por algum transeunte que se sentisse tocado por seu estado deplorável. Procuramos então nos dirigir às imediações onde a infeliz mulher deveria se encontrar.

Já era tarde da noite, quase madrugada, quando chegamos a uma pequena rua de um centro comercial. Pelas adjacências, podia-se ver a agitação própria da vida noturna daquela parte da cidade. Grupos de espíritos iam e vinham em completa embriaguez dos sentidos, alheios a qualquer manifestação superior de uma vida mais espiritualizada. Encarnados e desencarnados pareciam conviver em perfeita simbiose, com emoções e percepções seriamente comprometidas naquele alheamento das responsabilidades. Impregnada de emanações de tabaco e álcool, a atmosfera denotava o reinado do vício, do excesso e da transgressão de limites. Para completar o quadro de mau gosto que muitos têm como ideal de diversão, o apelo sensual descontrolado e vulgar, que caracterizava os espíritos presentes nos dois planos, era de causar verdadeira repugnância.

Apesar de tudo, prevaleciam os propósitos maiores da nossa missão e o desejo de aprender e ser úteis. Isso fazia com que os espíritos que conosco trabalhavam se sujeitassem, com heroico estoicismo, à pesada vibração ambiente, a fim de que nós, simples aprendizes, pudéssemos colher algumas observações para nosso crescimento. Pudessem os encarnados imaginar a cota de esforço que representa para os espíritos suportar vibrações de intensidade tão baixa, talvez se dedicassem mais tenazmente a manter a mente livre das contaminações deletérias, visando tornar-se mais acessíveis às consciências espiritualizadas, que com tanta frequência se dispõem a auxiliá-los. A linguagem humana é limitada para descrever, por exemplo, o processo de descida vibratória, verdadeiro sacrifício feito por almas sublimes que objetivam levar o lenitivo, o consolo ou o recurso emergencial àqueles que necessitam.

Debaixo de uma marquise, nas proximidades, encontramos deitada a protegida cujo caso estudaríamos naquela noite. Com um monte de panos jogados sobre si, a personagem que chamaremos de Salu mantinha-se acordada, talvez devido ao burburinho naquela rua central. Falava com verborragia, gritava frases entrecortadas, enquanto um ou outro transeunte a chamava de louca, atiçando-a ainda mais e fazendo com que se enchesse de cólera.

Matilde e Alfredo sugeriram que procurássemos uma forma de tirá-la daquele ambiente, para que pudéssemos ter maior proveito na observação e no diagnóstico do caso, de modo a canalizar os recursos ideais para a pobre irmã. Na verdade, naquele local seria difícil até mesmo influenciá-la, tendo em vista os entrechoques de energias desequilibradas que ali circulavam livremente.

Seguindo orientação de nossos coordenadores, dividimo-nos; agora sob a liderança do médico, saímos Antônia e eu pelas ruas do entorno para buscar recursos de emergência. Não muito longe dali, um grupo de jovens se preparava para a oração final, depois de uma noite de atividades, em que distribuíram pães e leite quente àqueles que perambulavam pelas ruas, sem recursos.

Notamos a luminosidade que irradiava do semblante dos trabalhadores, e os três resolvemos nos aproximar. O clima era descontraído, embora imperassem a disciplina e o respeito. Havia alguns companheiros desencarnados responsáveis pelo trabalho, que logo nos acolheram com gentileza e consideração. Ariane era o nome do espírito encarregado da orientação do grupo de jovens. Aristeu aproximou-se, cumprimentando a todos com alegria indisfarçável e certo alívio; afinal, encontráramos o recurso de que tanto precisávamos. Após alguns entendimentos com Ariane, quando nos inteiramos acerca do grupo e da atividade em curso, ela se dirigiu a nós:

— Para o que os irmãos necessitam, acredito poderem utilizar o amigo Fabrício, que detém maiores recursos e possui uma sensibilidade capaz de lhes perceber a presença e os pensamentos. Durante a prece final, a ser feita aqui nesta praça, teremos a oportunidade de transmitir-lhe a sugestão de, na volta para casa, tomar o caminho que o leva à rua onde está Salu. Deverá passar por lá na companhia de mais um colega da turma. Caso seja permitido, posso acompanhar o caso pessoalmente, a fim de encaminhar os devidos recursos à nossa irmã.

— Com certeza, minha querida Ariane! Será de grande valia sua prestimosa ajuda. Aguardaremos por você em prece — respondeu Aristeu.

Durante a oração, proferida pelo próprio Fabrício, Ariane fez-se visível à sua sensibilidade e lhe sugeriu o combinado deste lado de cá. A diretriz foi logo compreendida pelo médium, que, com toda a discrição, afastou-se com o outro jovem trabalhador, conforme a orientação recebida de Ariane, sem, contudo, fazer alarde ou revelar a procedência de sua atitude.

Acompanhando os dois amigos encarnados, dirigimo-nos à rua onde se encontrava nossa equipe, levando Ariane, a nova parceira que havíamos ganhado, agora empenhada na assistência a Salu. Quando os dois jovens, Fabrício e Juvenal, viram a situação de Salu, achegaram-se a ela na tentativa de estabelecer alguma comunicação. A moradora de rua estava muito agitada, devido às conversas, risos e deboches de um e outro encarnado a seu respeito.

Após ser apresentada aos demais de nossa equipe, Ariane aproximou-se de Fabrício e Juvenal a fim de inspirá-los na conversação com Salu. Qual não foi nossa surpresa quando esta arregalou os olhos e apontou em nossa direção com o dedo em riste, dizendo:

— Ocês vieram outra vez? Todo mundo fala que eu tô doida; doidos são eles todos, essa cambada de infeliz! Coitados são eles. Eu posso vê, sim; vejo todos ocês! Um por um, falo com todos, os feio e os bonito. Mas os feio é que fica me atentando, tramando contra mim. Tomaram minha casa, minha família...

Começou então a desconversar.

Notamos que Salu, ao menos em alguns momentos, era dotada de uma sensibilidade que nos surpreendia, a mim principalmente. Quer dizer que era médium? Poderia registrar-nos a presença? Enchi Aristeu de perguntas, que pacientemente respondeu:

— Everilda, aprendemos que a mediunidade é atributo do espírito, mas, com o ensinamento espírita, Allan Kardec apresentou-nos a mediunidade como instrumento de trabalho que a bondade divina oferece de modo a favorecer a ascensão espiritual.

Na presente situação, temos em Salu o caso típico de uma médium doente, a qual, por motivo ainda desconhecido para nós[21], utilizou mal os recursos que a Providência lhe prodigalizou, vindo assim a sofrer a corrigenda da lei, que tudo abarca em sua sublime jurisdição. Acresce que nossa irmã sofre, pelo que notamos, a ação de companhias infelizes. Entretanto, recebe também socorro periódico de amigos desvelados que a impressionam em sua sensibilidade, embora não conserve a saúde mental nem o equilíbrio necessário para tirar proveito da experiência, no que tange ao engrandecimento próprio tanto quanto ao auxílio a outros irmãos.

Ainda pensativa em relação ao caso de Salu, avaliando o potencial que ela detinha no campo mediúnico, notei o olhar de Matilde, que parecia

[21] O desconhecimento relatado por Aristeu causa estranhez quando confrontamos a afirmação com o início do capítulo, onda consta que Salu era "uma companheira que, já há algum tempo, recebia cuidados dos espíritos de nossa colônia". Parece inconsistente que não possuíssem boa anamnese de alguém a quem a cidade já prestava socorro. Apresentado o impasse ao médium, este propôs duas possibilidades coerentes, que não tiveram como ser confirmadas pela autora espiritual.

me convidar à prece íntima. Modifiquei imediatamente o rumo de meus pensamentos, entendendo seu gesto como um alerta delicadíssimo.

Em alguns instantes, Fabrício e Juvenal, inspirados por Ariane, conseguiram convencer Salu a se retirar daquele local, conduzindo-a a um abrigo noturno conhecido pelos dois. Acompanhamos-lhes alegres o trajeto, pois haviam tido sucesso no intento, auxiliando da melhor forma possível. Finda essa etapa da tarefa, os dois jovens se retiraram, indo direto para seus lares, sob a orientação de Ariane.

Uma vez recolhida ao albergue noturno, já re-

pousando sobre um leito relativamente confortável, Salu continuava falando muito, dizendo coisas sem nexo, frases soltas. De tempos em tempos gritava,

Talvez tenham recebido apenas a incumbência de prestar algum auxílio mais superficial, sem diagnosticar nem entrar em detalhes. É possível que Matilde quisesse enfatizar, no aprendizado de Everilda, o aspecto de que é possível ajudar sem grandes questionamentos ou exigências, embora com restrições. Em segundo lugar, pelos motivos já discutidos anteriormente: a omissão de Aristeu poderia ser creditada à incapacidade de Everilda, naquele momento, de entender certas coisas? O convite ao debate parece mais pertinente que as respostas prontas.

parecendo dar ordens a criados invisíveis. Apesar do avançado da hora, como não conseguia conciliar o sono, logrou, sem muito esforço, perturbar a ordem reinante no ambiente. Não fosse a intervenção de Alfredo, ministrando-lhe passes calmantes, com certeza ela seria convidada pelos administradores do local a se retirar, em razão da impossibilidade de convivência pacífica com os demais albergados.

Assim que Salu se acalmou, sob o efeito das energias que recebera de Alfredo, eu mesma apliquei-lhe um passe longitudinal, conforme orientação de Matilde, proporcionando-lhe o desdobramento para nosso plano.

Verdadeiramente, a vida espiritual guarda-nos surpresas; em determinadas situações nos convida a refletir ou a repensar conceitos, rever ideias e posicionamentos diante da vida. Com relação ao caso que vínhamos analisando, era efetivamente estranho observar Salu encarnada: maltrapilha, suja, envolta em panos rotos. Trazendo-a para o lado de cá, contudo, profunda mudança se operava em sua aparência, suas vestes e maneiras. Logo acima do corpo físico de Salu, erguia-se agora, desdobrada ou exteriorizada, a Salu espírito, semiliberta do corpo que a detinha prisioneira. Aparentemente louca, segundo a observação geral dos encarnados, então revelava semblante altivo, porte que mais parecia de uma mulher dominadora, que detivera grande poder de comando. As vestes de que se revestia seu perispírito, na dimensão astral, não se assemelhavam em absoluto àquelas que cobriam seu corpo físico. Do alto de seu orgulho, mais parecia uma deusa que nos encarava das alturas, pois assim nos percebia: ínfimos mortais, seus súditos.

— Quem sois vós que importunais a minha presença com a vossa intromissão? Respondei-me.

— Querida irmã — respondeu Matilde. — Somos como você mesma, filhos de Deus e servos do Senhor em missão de paz.

— Não conheço o vosso Deus, bem como não me agrado de vosso linguajar, que de todo me repugna pela falta de respeito devido a mim, senhora absoluta dos mistérios sagrados.

Antônia e eu olhamo-nos espantadas ante tal transformação... Fora tão repentina, que me pus a duvidar do que estava presenciando. Breve olhar de Matilde para nós duas novamente convidou-nos à oração em prol do despertamento de Salu.

Matilde apressou-se em direção a Salu, e, antes que prosseguisse com suas palavras que expressavam outra personalidade, a instrutora colocou-lhe a mão sobre a fronte, enquanto Alfredo e Aristeu posicionavam-se por detrás de nossa protegida, como se tudo fora previamente combinado. A reação da mulher foi imediata. Parou no meio do movimento que ensaiava, abriu desmesuradamente os olhos e, sob o influxo do magnetismo de Matilde, tombou para trás, no que de imediato foi amparada pelos dois espíritos da equipe, que ali permaneciam.

— Bem, meus irmãos — falou-nos Matilde. — As poucas palavras pronunciadas por nossa irmã já foram suficientes para atestar o verdadeiro drama a que está submetida na presente existência. Embora pouco tenha dito, enquanto falava pudemos ter acesso ao seu psiquismo, bem como às irradiações que partiam dela, o que nos permitiu ver os fatores que desencadearam esse processo doloroso através de imagens mentais projetadas em volta de sua aura.

— Como pôde, baseada em apenas breve diálogo, devassar o íntimo de Salu? — perguntou Antônia. — Como visualizar aquilo que está preso ao seu passado e adormecido em sua intimidade em tão curto intervalo de tempo?

— Minha querida, decerto conhece o poder da mente a serviço do bem. Acredito que você, como os demais, não ignora que o espírito é escravo das próprias criações, externando em sua aura o registro de si mesmo, de sua história, sendo impossível camuflar ou esconder aquilo que faz.

Antônia calou-se, meditativa, demonstrando ter compreendido toda a questão.

— Examinemos o caso — continuou Matilde. — Salu traz em si, de modo ainda muito vívido, a personalidade da época em que experimentou o poder, como sacerdotisa do culto ao Sol. Recebeu sua iniciação nas provas mais rudes, escalando os degraus do noviciado apenas com o intuito de dominar aqueles que lhe fossem inferiores hierarquicamente. Uma vez investida de poder, perpetrou crimes, contraindo pesados débitos com a divina lei; em mais duas encarnações conseguiu engrossar suas dívidas, utilizando seu potencial psíquico de forma absolutamente antiética. Já com certa sensibilidade, que afinal foi conquista de seu espírito e fruto de trabalho árduo na época de sacerdotisa, só fez aumentar ainda mais suas responsabilidades.

"Uma vez que a misericórdia divina destinoulhe novo corpo de carne, por intervenção de nossos irmãos maiores, retorna agora seu espírito com todo o potencial do passado, inclusive a mediunidade, porém habitando um corpo que oferece poucos recursos para se expressar, embora conserve o espírito lúcido nos momentos de desprendimento. A dificuldade de conciliar o sono vem do próprio horror que sente perante a situação a que se vê presa, obrigada a tolerar. Com toda a altivez, consciente do saber que em espírito possui, olha para o leito e contempla um quadro de impossibilidades materiais e psíquicas. Esse é seu dilema, seu exercício de reeducação. Notamos, portanto, que não somente o espírito é doente, em virtude do orgulho, do egoísmo e de outras deficiências morais, mas também há uma séria deficiência neurológica, que compromete gravemente o cérebro físico."

— Então, será mesmo que não terá cura nossa irmã? — indaguei.

— O processo que Salu atravessa pode ser compreendido como a bondade de Deus entrando em ação, em favor de seu espírito desajustado. As dificuldades que vivencia quando no corpo físico são, ao mesmo tempo, prova e expiação pelo seu passado delituoso. São também o recurso de emergência aplicado em seu próprio benefício. Na verdade, a deficiência que se constata no cérebro físico, privando-a de um raciocínio linear, consciente e lógico, não é o problema, mas sim a solução, o remédio para seu espírito desequilibrado. Apesar de todas as dificuldades, seu psiquismo enfermo é capaz de perceber aqueles a quem no passado vilipendiou ou cruelmente sacrificou em sua cegueira insana. Consegue também registrar-nos a presença, que para ela serve de alento ante as dificuldades pelas quais tem que passar.

"Como veem, a bondade do Pai não nos abandona em nossas próprias omissões e dificuldades. Se, por um lado, expiamos dolorosamente o passado sombrio, vivenciando situações que ensinem de uma vez por todas as lições refutadas reiteradamente, por outro somos amparados, auxiliados e sempre encontramos um cireneu disposto a ajudar-nos a levar nossa cruz."

Enquanto Matilde[22] terminava a explicação,

[22] Algumas curiosidades surgiram no processo de reedição do livro ora publicado sob o nome *Sob a luz do luar* — que, na verdade, é a 5ª edição, inteiramente revista e com textos inéditos, do original, *Caravana de luz*, lançado em 1998. Uma delas diz respeito ao estilo do espírito, especialmente quando o confrontamos com seu outro título, *Uma alma do outro mundo me fez gostar do meu mundo*, de 2004. Nesse trabalho, ao contrário do que

pudemos observar, entrando no albergue, os dois companheiros encarnados que nos auxiliaram. Fabrício e Juvenal, agora também desdobrados pelo sono físico, achegaram-se a nós, cumprimentando-nos e se colocando à disposição para o trabalho. Ariane, aproximando-se também, dirigiu-se a Matilde, com sua voz melodiosa:

— Querida irmã em Cristo, sabemos que suas atividades não se restringem aos trabalhos na Crosta e que, além desta incumbência de instrutora, detém maiores responsabilidades. Por favor, deixe-nos agora o trabalho de acompanhar Salu, a companheira em prova, pois para nós será valiosa oportunidade de procurar a vivência dos ensinos do Mestre, bem como uma fonte de alegria o fato de podermos nos sentir úteis.

Matilde olhou-nos a todos da caravana, como

ocorre com este que lemos aqui, a autora adota estilo simples, bem menos elaborado, do ponto de vista redacional, e por isso mais condizente com a imagem que se constrói ao conhecer sua biografia: mulher do interior, dona de casa e merendeira, mãe, que, dos rincões de Minas Gerais na década de 1930, não pôde frequentar a escola nem tampouco se alfabetizar. No entanto, o discurso deste livro inaugural não é nada simples, sobretudo a buscar nosso apoio, virando-se em seguida para Ariane e os dois trabalhadores desdobrados.

— Minha amada, tenha certeza de sermos nós que nos sentimos infinitamente satisfeitos e agradecidos pela demonstração de afeto e generosidade de sua parte. Não estarão sozinhos nessa empreitada. Temos alguns amigos em Aurora, a cidade espiritual de onde viemos, que auxiliam Salu periodicamente e que guardam estreitos laços de afinidade com ela. A misericórdia de Deus lhes dará recursos nesta e nas demais tarefas.

Ariane, Juvenal e Fabrício tomaram Salu desdobrada em seus braços e partiram com ela em direção ao mar, a fim de ministrar-lhe tratamento junto aos abençoados recantos da natureza, conforme suas necessidades.

quando ela narra os eventos de que não é protagonista, a partir do cap. 3. Aliás, intervenções foram feitas ao longo deste texto com o objetivo de torná-lo mais claro e com redação mais atual, pois, de modo geral, via-se estilo formalíssimo, até erudito em algumas passagens — o que se procurou não descaracterizar, desde que não se sacrificasse a clareza.

Indagado sobre essas ponderações, o médium Robson Pinheiro apresentou tal questionamento à própria autora, que

O dia estava prestes a amanhecer. Podíamos observar as primeiras claridades, que expulsavam as sombras da noite, quando as estrelas, ao longe, empalideciam ante a alvorada. Demo-nos as mãos e elevamos o pensamento ao Supremo Senhor do universo, nosso Pai amantíssimo, agradecidos por podermos participar de mais um trabalho em favor do bem. Feitas as devidas anotações acerca da experiência com Salu, que integrariam relatório a ser levado a Aurora, nossa caravana elevou-se na atmosfera ao som de um hino de louvor a Deus, cantado por todos nós.

explicou a contento a divergência observada. Dada sua imaturidade como espírito recém-desencarnado, sem destreza no exercício da comunicação mediúnica, ela recorreu a Matilde, personagem que a acompanha do início ao fim do livro, a fim de obter êxito na transmissão das mensagens. Assim, atribui à orientadora grande influência na escrita, refletida no estilo conservador, formal, às vezes até rebuscado que empresta à redação.

CAPÍTULO 5

SOCIEDADE *dos* ESPÍRITOS

A CARAVANA RETORNOU para a residência que funcionava como nosso ponto de apoio, onde respirávamos ares nobres, numa atmosfera que nos lembrava bastante nossa colônia, devido ao cultivo dos propósitos superiores e à constância do estudo do Evangelho. É particularmente interessante como toda a singela construção se apresentava resplandecente aos nossos olhos. Irradiava de cada objeto, de cada móvel ou vasilhame uma luminosidade azulínea, proporcionando um efeito encantador em todo o ambiente. As flores e plantas do local emitiam suave claridade, qual se aprisionassem em si um raio de luar, exalando doce aroma, que transmitia à atmosfera o sublime encanto das regiões superiores. Em sua simplicidade característica, aquele era realmente um pedaço do céu visível na Terra. A seriedade com que eram tratados os assuntos de nível superior, aliada à constante disposição de auxiliar o Alto em tarefas abençoadas e de amparo aos semelhantes, granjeou para a humilde moradora daquele campo bendito o apreço e a consideração de amigos mais elevados.

Encontrávamos ali vários espíritos que utilizavam aquele recinto pacífico como base de apoio para suas atividades redentoras, desde os guardiões da paz, espíritos que se destacam na promoção e manutenção da defesa e da harmonia, impedindo o acesso de agentes das sombras e do desequilíbrio, até os heroicos emissários doutros planos mais elevados, que ali trabalhavam no sagrado empenho de servir ao Cristo. Era uma verdadeira população de espíritos, os quais se movimentavam na mais perfeita ordem e disciplina, cada um adstrito à sua tarefa específica, conforme a programação de esferas superiores, todos unidos pelo propósito de servir.

Era verdadeiramente soberba a paisagem extrafísica que se desdobrava ante nossa visão. Grupos de enfermeiros, vestidos de branco, acompanhavam a equipe médico-espiritual num ir e vir de macas, transportando encarnados em desdobramento tanto quanto desencarnados, que recebiam atendimento naquele posto de socorro. Os espíritos que se apresentavam como indianos — donos de olhar sereno, vestes alvas como a neve e turbantes encimando as cabeças — demonstravam extrema disciplina naquilo que realizavam. Pude observar ainda espíritos de antigos escravos africanos em serviço de auxílio a muitos de seus irmãos de humanidade, de diversas etnias, assim como personalidades de origem asiática, que a mim pareciam chineses ou japoneses, trabalhando lado a lado com representantes do povo indígena, chamados de peles-vermelhas, que ali encontravam uma estância pacífica para suas realizações. Em suma, era a verdadeira fraternidade posta em prática, a sociedade dos espíritos; filhos de Deus em clima de trabalho e aprendizado, servindo aos propósitos superiores.

A construção, de relativa simplicidade, não se resumia à forma física, com seus quatro cômodos de espaço reduzido. Em volta, pela continuidade do trabalho ali realizado ao longo dos anos, erguia-se distinto edifício, plasmado em matéria de nosso plano. Tratava-se de um verdadeiro hospital e oficina ou escola, dotado dos mais diversos recursos, de maneira a atender as necessidades dos trabalhadores que ali aportavam.

Descrevo toda essa atividade desenvolvida deste lado de cá não como uma repórter ou jornalista do Além, que quer impressionar leitores do outro lado com as imagens que observou. Faço-o principalmente por ter afetado a mim mesma, incitando-me a reavaliar vários dos meus conceitos trazidos aí da Terra.

O objetivo é que se valorize cada vez mais as iniciativas singelas, de natureza simples mesmo, mas que se destacam porque desempenhadas com amor, por gente que se propõe a edificar o reino de Deus na Terra. Às vezes sem nem o saber, começam por transformar a si próprios e a paisagem ao redor e, com isso, dão à vida contribuição maior do que se pensa. Raramente se imagina o valor que os espíritos sublimes dão ao culto e às orações no lar, às tarefas de auxílio que consistem na simples leitura evangélica, acompanhada de despretensiosas vibrações em prol do bem universal. Se levadas a cabo com fé e dedicação genuínas, tais atividades carregam potencial geralmente subestimado pelos

irmãos terrenos, sobretudo se avaliadas ao longo do tempo. Aquele ponto de apoio e refazimento era um exemplo clássico do bem que pode produzir, do lado de cá, um empreendimento de caráter superior feito com a simplicidade e a necessária perseverança que atraem as bênçãos do Alto.

Relato as experiências que vivenciei a fim de que você possa meditar a respeito e, se lhe aprouver, se julgar de utilidade, transmiti-las a outros companheiros. O único propósito que nos move é o de tornar as pessoas cada vez mais conscientes de suas responsabilidades ante os recursos que a divina providência prodigaliza a todos.

CAPÍTULO 6

FEIRA *dos* MILAGRES

Durante todo o dia que passamos na Casa de Apoio, como Antônia e eu nomeamos aquele pedaço de céu que nos abrigava, procedemos ao atendimento de diversas solicitações relativas aos moradores da vizinhança, auxiliando outras equipes em seus afazeres e recolhendo material para estudos futuros. Ao anoitecer, reunimo-nos todos, não só nossa pequena caravana, mas também os espíritos que ali se encontravam em tarefas de amor.

Elevamos uma prece ao Pai Eterno, em agradecimento por sua infinita bondade. Finda a oração, que fora precedida de breve comentário evangélico, fomos convidados pelo irmão José da Silva a conhecer um caso que se mostraria oportunidade singular de aprendizado, conforme nos dissera.

Nossa equipe demandava novamente a região central da cidade. Como outras caravanas, buscava a participação em atividades de relativa importância no que concerne às determinações do Alto. Quem observasse os grupos de auxílio que dali partiam, cada qual para o seu destino, veria algo parecido com uma verdadeira estrada de luz — cada caravana com luminosidade e cor correspondentes ao objetivo a desempenhar. Era algo magnífico de assistir; um espetáculo de disciplina e beleza sem par, quando os vários grupos começaram a levitar sobre a atmosfera, espalhando, por onde iam, o consolo, a paz, a esperança e o bálsamo a quantos desejassem.

— Meus irmãos — disse-nos com sua voz possante o companheiro José da Silva. — Dirigimo-nos agora a um núcleo religioso oriundo da Reforma protestante, onde observaremos as atividades realizadas por seus dirigentes encarnados, voltadas à tarefa de socorro ao próximo. Será ocasião de colher informações e apontamentos que, com certeza, muito nos auxiliarão em nossos trabalhos vindouros em favor dos nossos irmãos.

— Iremos apenas observar e colher informações ou poderemos auxiliar no que se fizer necessário, de forma mais direta? — perguntou Alfredo.

— Desta vez — respondeu o benfeitor — procuraremos não interromper, a menos que seja em caso de emergência e, ainda, conforme formos solicitados. Quando tratamos de assunto relativo à área da fé, pisando terreno alheio, a preocupação central é que estejamos bem informados, para evitar transtornos desnecessários. Não é possível ajudar sem conhecer razoavelmente a comunidade ou o indivíduo a que destinamos nossos esforços. Ademais, os irmãos que visitaremos em seus templos já contam com amigos desvelados que os acompanham em seus afazeres, dispensando, assim, nossa interferência direta.

— Se já contam com o auxílio de outra equipe para acompanhá-los em suas tarefas, qual é, afinal, a utilidade de nossos estudos, uma vez que, segundo disse, visam aos futuros trabalhos? — indagou novamente o amigo Alfredo.

— Explico, meu irmão — continuou o benfeitor. — Recebemos em nossa colônia um pedido urgente de uma companheira que partiu para a Terra no início do século, e que recebera por missão a maternidade, na grandeza sublime que caracteriza essa tarefa. A companheira recebeu em seu seio, em forma de filho, um endividado com a lei eterna, o qual procura amparar e educar conforme os valores e ensinamentos que desde cedo aprendera, na religião tanto quanto na família. Acontece que o filho, a quem muito ama, por méritos próprios alcançou condição hierárquica de relativa notoriedade entre os seus irmãos de fé, a fé protestante. Contudo, como seu passado permanece gritando em seu íntimo, e sem conseguir libertar-se do atavismo secular que ainda o escraviza, novamente se vê no papel de utilizar as vantagens que sua posição oferece em benefício de si próprio e dos seus, burlando a fé do povo e agravando seus débitos perante a lei.

"Nossa irmã Arlete, que guarda grandes conquistas e amizades em nossa esfera de ação, em razão de heroicas realizações, de sua renúncia e de outras virtudes, solicitou-nos o concurso em favor não de seu filho, mas das pessoas que lhe são submetidas à autoridade e à posição de dirigente espiritual. Como pode notar, caro Alfredo, o fato é dotado de certa complexidade, além de envolver quantidade maior de pessoas, o que nos exige observação criteriosa para podermos agir com acerto."

Calou-se Alfredo ante o exposto, enquanto a caravana se dirigia a uma rua de grande movimento, onde soberba construção se destacava entre as demais. Identificamos ali grandioso centro de convergência dos irmãos que professavam aquela fé.

Ao que tudo indicava, aproximava-se a hora do culto, pois uma pequena multidão acorria à porta do templo, ansiosa por encontrar acomodação.

As pessoas se achegavam em busca de satisfação interior, procurando soluções imediatas para os mais variados problemas. Na maior parte, eram movidas pela esperança de cura instantânea dos males físicos; raríssimos ali aportavam com sincero desejo de renovação interior. De certa distância já podíamos observar as vibrações da coletividade, assim como perceber, sem muita dificuldade, o teor dos pensamentos individuais.

Logo na entrada do amplo recinto dedicado ao culto, havia uma antessala onde dois ministros de cada lado atendiam às pessoas individualmente. Pelo visto, ali se processava o primeiro contato entre os responsáveis pelos trabalhos da instituição e os fiéis, na maioria necessitados de um bate-papo fraterno e de alguém para ouvir-lhes os reclames.

Postados ao lado de cada ministro, pudemos observar dois habitantes do nosso plano, que se detinham prestimosos junto dos *missionários*, conforme se autodenominavam. Tentavam transmitir-lhes intuições, utilizando energias magnéticas. Não notamos nenhuma rede de defesa ou proteção envolvendo o templo dos nossos irmãos. Daí a estupenda quantidade de espíritos de toda sorte que adentravam o recinto consagrado ao culto, especialmente acompanhando quem ali comparecia na dimensão física. Muitos eram almas revoltadas, a gritar impropérios, outros tantos em algazarra, zombando e fazendo mesuras sem o mínimo respeito ao templo ou àqueles que ali oficiavam.

Cena singular presenciei quando penetrou no ambiente uma senhora de tez morena, vestida sobriamente, portando uma bíblia volumosa e acompanhada de jovem garota, cujos cabelos trançados pendiam sobre os ombros. Como a senhora que a segurava pela mão, a moça era portadora do mesmo olhar altivo, que denotava alguém já vivido, dotado de experiência, e que alcançara certa projeção naquela comunidade religiosa. A dupla realmente nos chamou a atenção, pois diferia de forma marcante dos demais ali presentes.

Nesse momento entrou no prédio estranha entidade, cuja visão nos impressionou muitíssimo. Era o espírito de um senhor de certa idade, que caminhava penosamente atrás daquela pobre mulher. Tinha a boca desmesuradamente aberta, com a língua de tamanho descomunal, mais ou menos 1,5m de extensão, a qual ele arrastava pelo chão, em meio a grandes quantidades de saliva e pegajosa secreção, que lhe saíam pela boca. A cena era verdadeiramente patética, embora a situação crítica do espírito infeliz inspirasse-nos mais compaixão que asco.

Quando ainda observava a cena, aproximou-se de José da Silva e Matilde um irmão do nosso plano que parecia ser o responsável pela equipe espiritual que ali prestava assistência. Convidou-nos a nos retirar para um recinto ao lado, onde faríamos uma prece rogando ao Senhor a bênção e a proteção para todos nós. Outros espíritos que assistiam o venerável companheiro em sua tarefa naquela seara ingressaram conosco em um pequeno salão, onde pudemos, com certa tranquilidade, elevar o pensamento ao Alto em rogativa ao Pai, em prol de todos que vinham em busca de consolo e esperança. Finda a prece, José, que guiava a excursão naquela noite, explicou ao anfitrião o objetivo de nossa visita, que de pronto foi compreendido.

— Caríssimo irmão José — respondeu o orientador. — Aqui estamos, a serviço de Jesus, entre os irmãos que não nos compreendem os objetivos elevados. Reportam-se geralmente a todos nós como o *inimigo* ou o *demônio,* segundo a própria educação religiosa que receberam, embora muitas vezes efetivamente recebam a inspiração sombria de inteligências que nutrem propósitos vulgares, enquanto seus profetas alegam estar em contato com o próprio Deus. Apesar desse e de outros óbices, continuamos perseverantes no serviço a que nos propusemos. Graças a Deus, contamos também com cooperadores de boa vontade entre os fiéis, ainda que seus conceitos e opiniões não difiram de forma tão radical do modo de pensar daqueles outros. Devido à complexidade das tarefas, pedimos perdão pelo fato de não podermos acompanhá-los em suas observações. Porém, indicarei o amigo Ernesto como seu acompanhante, que os instruirá naquilo que for necessário. Como servidores, estamos à disposição para o trabalho.

— Deus abençoe-nos a todos! — disparou nosso irmão José, como que a iniciar oficialmente nossa visita e encerrar aquela breve reunião com alegria. — Igualmente nos colocamos à disposição para servir-los no que julgarem útil.

Após ligeira apresentação, Ernesto nos conduziu ao salão central, onde os fiéis se congregavam para o início das atividades. Tão logo entramos no local, grande clamor, peditório, choro e queixume invadiam-nos a mente, como se todos gritassem, exigissem e chorassem ao mesmo tempo. Era uma verdadeira algazarra e confusão mental. Sob a orientação de Ernesto, conseguimos nos isolar das vibrações emitidas pelos nossos irmãos encarnados.

— Acontece — explicou-nos Ernesto — que aqui contamos apenas com nossa proteção individual para nos preservar do que quer que seja.

Os dirigentes encarnados, deveras desatentos aos padrões renovadores que nos prescreve o Evangelho, não oferecem os recursos indispensáveis ao erguimento de uma rede de defesa, a qual impediria o avanço de entidades mal-intencionadas e ajudaria bastante na organização dos pensamentos dispersos. Ficamos, assim, cada qual dependente dos próprios recursos íntimos e restritos ao reduzido grupo de trabalhadores que comungam conosco os ideais.

No imenso salão pudemos notar, afixados nas paredes laterais, cartazes e faixas que prometiam curas milagrosas, resolução de problemas, correntes poderosas e tantas outras benesses a que os fiéis se apegavam com todo o fervor. Ao fundo, ao lado de uma cruz que simbolizava o sacrifício do Redentor, estavam dispostas muletas e cadeiras de rodas quebradas, como se tivessem pertencido àqueles que um dia foram curados pelo poder de Deus.

Ao som de instrumentos musicais e das palmas dos crentes, elevaram-se ao ar os hinos com os quais se pretendia louvar ao Senhor. Gritos de "aleluias" e "hosanas" repercutiam na plateia, enquanto vasta multidão de espíritos, em verdadeiro frenesi, agitava os encarnados, provocando inveja nos próprios servidores de momo em época de folia carnavalesca.

Convidados por Matilde a manter-nos em clima de serenidade, despendíamos grande esforço para isso. A intensidade das vibrações, à semelhança de ondas de um mar bravio, ameaçava nosso equilíbrio íntimo, de maneira a nos causar temor ante a gravidade da situação.

Silenciosamente, Ernesto tomou minha mão entre as suas, enquanto um por um de nossa caravana fazia o mesmo, com o intuito de formar uma corrente de energia[23], o que nos proporcio-

nou, após algum tempo de concentração, relativa tranquilidade.

[23] Há quem defenda ser desnecessário dar as mãos para formar uma corrente magnética, pois bastaria o foco mental para estabelecer a devida ligação. "Quanto mais entre desencarnados", afirmam, apontando essa passagem como inverossímil. A premissa é absolutamente válida no que tange à manipulação energética, ao menos em teoria. Na prática, será mesmo possível generalizar? A questão que se coloca é: quem dispõe de tamanha disciplina mental, sobretudo num ambiente inóspito, a ponto de dispensar recursos como esse? Se Jesus empregou técnicas para realizar curas e feitos notáveis, por que existe

— Entendam, companheiros, que isso tudo que presenciam acontece acreditando-se que o fazem em nome de Cristo — comentou José da Silva.

— Então, todo esse culto não tem nenhum valor para Deus? — perguntei.

— Não podemos ser radicais a tal ponto — respondeu Ernesto. — Sabemos que Deus julga a essência, e não as aparências. Embora exista mais movimentação do que realização e mais barulho do que verdadeira fé e devoção, encontramos aqui a sinceridade daquelas almas simples que, em sua infantilidade espiritual, creem agradar a Deus. A esses é que nos referimos como sendo os de boa vontade, pois suas intenções são realmente as melhores, ainda que sejam praticamente abafadas pelo

constrangimento em repetir-lhe os passos? O maior médium que o mundo conheceu cuspiu no chão e usou saliva misturada à terra para restituir a visão a alguém (Jo 9:6-7); a fim de promover a cura, impunha as mãos (Mt 8:3; Lc 13:13 etc.), deixava que lhe tocassem as vestes (Mt 14:36; Mc 5:27-29) ou encostava no doente (Lc 22:51), entre outros tantos exemplos. Enfim, o que pode justificar a privação de gestos eficazes como o que o grupo relata — dar as mãos — em nome de suposta elevação mental ou espiritualização?

fanatismo ou extremismo da maioria.

"Quando vocês chegaram, decerto puderam perceber a presença de uma entidade que apresenta singular característica, arrastando a língua de proporções monumentais, refém que está de alucinações provenientes do passado recente."

Lembrei-me do estranho espírito que vira ao chegar, atrás das mulheres que pareciam mãe e filha e se destacavam da turba.

— Na verdade — continuou Ernesto —, esse companheiro foi um dos responsáveis pela construção deste templo religioso. Decorou vários livros da Bíblia e sempre esteve pronto para debates e polêmicas no campo religioso. Aqueles que não comungavam com ele a crença religiosa o temiam e evitavam, pois se esmerava com todo o fervor para derrubar e destruir a fé de quantos faziam parte de outros movimentos que não o seu, mesmo entre pentecostais e neopentecostais, como ele.

"Desencarnado, vê-se atormentado pelo instrumento que foi sua ruína, ponte para o próprio desequilíbrio. Traz estampado na forma espiritual o pavor íntimo, como fruto de sua autopunição, arrastando a língua de modo a causar repugnância em si mesmo e naqueles que possam vê-lo. É o testemunho vivo, entre seus irmãos de fé, do fanatismo e do extremismo religioso."

Ante o exemplo que nos fora apresentado, não haveria como fazer qualquer comentário, restando-nos meditar na seriedade da situação. Convidados pelo instrutor da noite, subimos ao estrado à frente da igreja e ficamos ao lado do púlpito, aguardando o início do sermão da noite. O hino dos fiéis aumentara de volume, ao passo que os responsáveis pelos instrumentos musicais davam o máximo de si, despertando a multidão de crentes. Era tal a excitação dos sentidos que, caso alguém observasse o outro lado da situação, tal como se nos apresentava à visão espiritual, possivelmente presumiria tratar-se de uma cena irreal. As duas populações — física e extrafísica — pareciam se fundir ao som dos hinos, palmas e gritos de hosanas que entrecortavam o ar.

— Observem mais atentamente os fiéis — convidou-nos Ernesto.

Inicialmente nada víamos a não ser o burburinho da turba de espíritos, que, desequilibrados, faziam a festa em meio a gargalhadas, assobios e máscaras grotescas que estampavam na própria fisionomia. O quadro assemelhava-se à representação de um ato cômico de profundo mau gosto, que zombava dos próprios fiéis. Aos poucos, porém, à medida que a música aumentava e os encarnados se animavam ao sabor do ritmo excitante — louvando a Jesus, segundo acreditavam —, percebemos sair dos corpos de vários crentes algo semelhante a tênue fumaça, como uma gaze finíssima a pairar a poucos centímetros acima de suas cabeças. Desta vez foi o próprio José da Silva que nos explicou o fenômeno, uma vez que já o conhecia, embora tenha tomado contato com ele em outras condições.

— Na verdade, o que acontece aqui é classificado por estudiosos espíritas como fenômeno de efeitos físicos. Em circunstâncias ideais e coordenados por espíritos esclarecidos, os médiuns doam ectoplasma para companheiros do nosso plano realizarem diversos trabalhos, desde a cura e a materialização até o transporte[24], entre outros. Aqui, porém, o objetivo não é nada superior. A exaltação quase violenta a que todos se submetem, sobre-

[24] Para mais informações acerca do fenômeno de transporte de objetos por via da mediunidade, deve-se reportar ao texto intitulado "Das manifestações físicas espontâneas" (*in*: KARDEC, Allan. *O livro dos médiuns ou guia dos médiuns e evocadores*. *Op. cit.* Segunda parte, cap. 5, sobretudo itens 96 e seguintes).

excitando todos os sentidos ao ritmo dos hinos, somada à agitação mental produzida pelo estado alterado em que se encontram, afeta o comportamento do duplo etérico de muitos. Sobretudo, esse fato ocorre com dois grupos distintos: primeiramente, com os que detêm maiores possibilidades de doação ou são dotados de cota mais expressiva de energia vital; em segundo lugar, há aqueles de constituição mais sensível, a qual se ressente no contexto da celebração, que lhes é agressiva e acaba por violentar sua estrutura vital, causando uma oscilação do equilíbrio íntimo e provocando a exsudação do ectoplasma de forma ofensiva.

"Essa é a explicação para muitos dos chamados *milagres* que se realizam nestes templos. Isto é, ainda que não ocorram em número tão grande como propalado, fato é que curas acontecem. Entretanto, devem-se mais à força anímica dos dirigentes e dos participantes do culto, aliada ao desejo intenso e à vontade de quem é beneficiado, do que à obra de espíritos categorizados ou conhecedores do processo, que aqui não encontram ambiente para atuar. Os ministros canalizam animicamente os fluidos extraídos de seus 'médiuns' e promovem a alegada cura milagrosa.

"O sério problema que se impõe em tal método é o enorme risco de tal energia ser posta a serviço das sombras por espíritos inconsequentes, mas detentores de relativos conhecimentos acerca da manipulação fluídica. Frequentemente, julgam apropriado operar as chamadas *maravilhas*, de modo a conservar a multidão de fiéis presa a seus próprios caprichos, deixando-a ao sabor da ignorância quanto às leis da vida. Assim é que boa parte dos fiéis — não todos — são convertidos em médiuns das sombras, apesar de conservarem o rótulo de cristãos. Apesar disso, alguns aí permanecem como luzeiros ou como espelhos a refletir, em meio a seus irmãos, as luzes da misericórdia divina, que nunca nos abandona."

Profunda impressão causara-nos a explicação de nosso benfeitor. Já íamos fazer algumas perguntas, quando foi anunciada a chegada dos pastores ou ministros.

Por uma porta lateral, entraram três homens bem vestidos, trajando terno azul marinho e gravata sobre a camisa branca. Circunspectos, cada qual portava uma bíblia encostada à altura do coração. Segundo Ernesto, chamavam-se Isaías, Corino e Alcides. O último, conforme nos esclareceu José, era a razão de nossa visita àquele templo. Era filho de Arlete, senhora ainda encarnada cuja oração sincera obtivera do Alto a intervenção no caso que lhe causava preocupações. Estudávamos a melhor forma de auxiliar, evidentemente respeitando a liberdade de cada um.

Isaías começou fazendo "poderosa" oração, provocando nos fiéis verdadeira explosão de emoções e sentimentos, juntamente com Corino, que prometia muitos "milagres" e "libertações" durante o ministério da cura divina, a ser realizado naquela noite pelo ministro Alcides. Em seguida, aproximando-se do púlpito, Alcides abriu seu ministério com a leitura de alguns versículos do Novo Testamento, os quais tratam da descida do Espírito Santo ou do chamado Pentecostes e estão registrados no livro de *Atos dos apóstolos*, no capítulo 2. O trecho descreve a manifestação do espírito sobre os seguidores de Jesus, conferindo-lhes dons divinos.

— Meus irmãos! — saudava o ministro. — Nesta noite, Deus enviará o seu Espírito Santo sobre vocês. Deus tem um milagre para a sua vida! Demônios serão expulsos, enfermos serão curados, e todo o mal cessará pelo poder do sangue de Jesus. O Espírito Santo reserva sinais, maravilhas e o batismo de fogo a seus servos fiéis!

Continuava a pregação nesse tom, insuflando esperanças nas pessoas que ali acorriam à procura de um bálsamo, de um lenitivo para suas dores. A certeza da resolução dos problemas era incutida na mente dos crentes, que, por causa do magnetismo do orador, eram levados a verdadeiro êxtase dos sentidos, acreditando experimentarem a manifestação do poder de Deus. Interrompida a pregação, iniciavam-se os hinos, e, à medida que ressoavam vozes e instrumentos, excitavam-se ainda mais os ânimos dos fiéis. O orador dava fortes pisadas e chegava a pular sobre o tablado, o que provocava ruídos ocos e fortes, além de esmurrar o púlpito com os punhos fechados. Enquanto isso, a plateia participava ativa também do lado de cá da vida, imbuída de propósitos os mais estranhos e divergentes.

A cena era extravagante, com assistentes já a se debater pelo chão, alguns se julgando possuídos, outros sendo contidos pelos diáconos, que os seguravam vigorosamente pelos braços enquanto estrebuchavam entre esgares, gritos e gemidos. Era o "poder" que estava descendo e expulsando os demônios presentes na vida das pessoas, segundo a interpretação do pregador. Tudo se dava em meio a "aleluias" e "glórias", sem contar o exagero daqueles que chegavam à beira da histeria, incitada pelo magnetismo de entidades desequilibradas que se aproveitavam da situação, causando verdadeiro alvoroço no ambiente.

Mais uma vez sentimos a violência das ondas de magnetismo emitidas pela turba, o que ameaçava o equilíbrio da caravana. Sob a orientação de Matilde e José, retiramo-nos para uma sala ao lado, onde pequeno grupo de senhoras alternava entre a leitura de belíssimos salmos e uma prece de gratidão ao Pai. Segundo explicações de Ernesto, eram cinco irmãs que ali permaneciam reunidas, toda vez que se realizava um culto como o que estava em andamento.

— Aqui encontramos verdadeiro oásis — falou-nos Ernesto. — É de onde podemos extrair elementos para manutenção do clima psíquico minimamente favorável à continuidade do trabalho.

Observamos em torno das cinco senhoras tênue claridade de tonalidade lilás, que parecia protegê-las das vibrações descontroladas do recinto ao lado, onde se realizava o culto.

— São estas aqui as verdadeiras servidoras do Cristo — continuou Ernesto. — As únicas com as quais podemos contar no auxílio que pretendemos levar aos necessitados. Convém nos demorarmos por aqui. No salão, os ministros, aproveitando o ânimo da multidão de fiéis e o magnetismo que lhes é peculiar, passam agora à hora da recolta, como denominam os donativos e ofertas feitos em dinheiro. Evitemos presenciar os espíritos que com eles compactuam a desfazerem-se em impropérios e palavreado indecoroso, acusando ou ofendendo abertamente tanto missionários como fiéis.

Colocando as mãos sobre a fronte de uma das irmãs que se mantinha ajoelhada, Ernesto inspirou-lhe fazer uma prece, que proporcionou a todos nós imenso alívio diante das vibrações que emanavam da plateia, que se encontrava no grande salão. Após a oração, cantaram comoventes hinos, em que lembraram as ovelhas perdidas da parábola evangélica.

— Graças a Deus, encontramos em todos os lugares aqueles que mantêm viva a verdadeira chama da fé — disse Ernesto. — Embora a maioria das religiões ocidentais ostente o título de cristã, poucas honram o nome daquele que é todo amor e bondade, Jesus de Nazaré.

"No presente caso, o ministro que oficializa o culto e que despertou as rogativas de nossa estimada Arlete estudou o quanto pôde, não poupando sacrifícios por parte de sua mãe e também da esposa, que muito o ama, a fim de formar-se em teologia. Ocorre que desde o início visa unicamente aos frutos materiais que recolheria com o ministério da palavra, uma vez que grandes somas de dinheiro eram-lhe prometidas por dirigentes maiores, que coordenam as atividades em âmbito nacional. Tão logo se viu portador do precioso diploma, detentor que é de grande carisma e de poder magnético notável, foi rapidamente tido como abençoado por Deus e conseguiu aumentar significativamente a quantidade de fiéis, bem como a conta bancária particular.

"Parte dos recursos financeiros que deveriam ser encaminhados para certas obras da própria comunidade religiosa desviaram-se vergonhosamente dos objetivos, com a cumplicidade de mais dois irmãos de fé, que foram coniventes com tal procedimento. Não bastando o comportamento abjeto, o negligente missionário começou a promover uma série de *correntes milagrosas*, prometendo curas, milagres e outros prodígios a partir do momento em que se uniu a uma 'profetisa'. Inspirada diretamente por gênios das sombras, apesar de julgar estar em contato direto com o Todo-Poderoso, ela induziu o pobre irmão a cometer abusos ainda maiores, comprometendo-se com dezenas de almas."

— Mas por que não afastá-la do templo, para que Alcides possa ter oportunidade de retomar o caminho justo? — perguntei.

— Ah! Minha cara Everilda... O caso não é tão simples assim — continuou Ernesto. — Alcides, em seus desequilíbrios, contraiu pesados compromissos morais com a médium-profetisa. Anita, consciente de sua ascendência sobre Alcides, que teme ser descoberto pela comunidade e perder sua posição, consegue mantê-lo preso a seus encantos carnais tanto quanto "espirituais". Impõe ao pastor uma vida dupla, enquanto sua esposa, sem nada suspeitar, segue em sua simplicidade os ensinamentos cristãos em outra igreja protestante.

"Admiro a sabedoria do Plano Superior ao nos enviar para o exame deste caso. Pessoalmente, fiz algumas anotações a respeito. Creio que poderão auxiliar, abreviando o tempo empregado. Só com o estudo minucioso, observando detidamente, como estamos fazendo, é que será possível uma ação acertada e eficaz."

— Será, então, que todas as igrejas da Reforma estarão como esta, à mercê de inteligências das sombras? Não se leva em conta o trabalho que os fiéis desempenham? — perguntou Alfredo, nosso companheiro.

— Temos nas igrejas protestantes grandes centros de reajustamento moral, que funcionam no mundo como postos de socorro dos Planos Superiores. Muitas funcionam como legítimos faróis a indicar aos homens o caminho da vida, apesar do ritualismo e do corpo doutrinário, que são, contudo, necessários aos espíritos que ali estagiam. Outras, porém, qual acontece com todas as confissões religiosas, desvirtuam os ensinamentos sublimes, transformando-se em agências dos planos sombrios, por invigilância de seus ministros ou dirigentes encarnados. Utilizam o nome sagrado do Pai para interesses puramente humanos, atraindo para si os agentes do mal — completou José da Silva.

— Graças a Deus temos as instituições espíritas — falou Antônia.

— Minha querida irmã — desta vez foi Matilde quem interveio. — O nome *espírita* não confere automaticamente a uma instituição o *status* de representante dos poderes do Alto. Infelizmente, existem inúmeras casas que estampam o rótulo de espíritas, mas que seguem apenas as diretrizes de seus dirigentes encarnados ou desencarnados, conservando-se alheias à própria orientação maior, que são os ensinamentos da codificação espírita e do Evangelho de Jesus. Não basta a insígnia de *cristão* ou *espírita*; isso não assegura coisa alguma. É necessário não apenas ostentar os princípios redentores que dizemos professar, porém promover a vivência real desses princípios em nossas vidas, conservando-nos fiéis ao Senhor e ao espírito Verdade.

O ensinamento calou fundo, levando-nos a meditar a respeito do nosso compromisso com o Cristo.

Findas as explicações dos nossos irmãos, o

grupo de senhoras retirou-se do recinto onde estávamos. Instantes depois, adentrou o ambiente o missionário Alcides, junto com os dois outros pregadores que o acompanhavam, Isaías e Corino. Abraçavam-se alegres, comemorando o sucesso da pregação.

— Hoje o Senhor nos abençoou realmente — disse Alcides. — Acredito que as ofertas extrapolaram o que esperávamos. Com o sucesso da nossa corrente de curas e libertações, creio que o próximo passo será uma campanha em um estádio ou ginásio, que poderá comportar maior número de pessoas.

— Realmente, as bênçãos do Espírito Santo

recaem sobre nós! Acredito, pastor — disse Corino para Alcides —, que agora o irmão poderá comprar aquele carro tão cobiçado, que há tanto tempo roga ao Senhor.

— Deus abençoa os eleitos com todas as regalias. É um privilégio que a graça de Deus concede — continuou Isaías. — Só os salvos e os ministros de sua palavra é que podem assim dizer.

Os três, olhando para os lados e fechando a porta, depois de se certificarem de que estavam a sós, irromperam em estrondosa gargalhada. Já não nos causava tanto espanto sua atitude. Depois da breve conversa, saíram em direção à porta principal do templo para cumprimentarem os fiéis, como mandava o costume.

José da Silva fazia as devidas anotações a fim de encaminhar o caso aos espíritos que, no Plano Maior, eram responsáveis pelos companheiros desencarnados que velavam por aquele templo.

— Arlete, a mãe de Alcides, pediu ao Pai o concurso fraterno — principiou Matilde. — Contudo, a intervenção no caso pede reflexão, e temo nada podermos fazer de mais eficaz no momento, uma vez que o envolvimento de Alcides o vincula pesadamente à própria comunidade. Faz de si mesmo devedor perante a lei, não só pelos próprios erros, mas por aqueles que induz os irmãos de fé a cometer, em razão das interpretações estapafúrdias que difunde. Agrava-se-lhe a culpa porque, além de cometer seus desatinos de forma consciente, sabendo que falseia e corrompe o espírito da Palavra, persiste no que ele mesmo reconhece não acreditar. Isto é, obriga-se a ser falso e dissimulado, e nesse processo burla a fé alheia e conduz o povo à ignorância.

Quando Matilde ainda falava, saíram correndo de dentro do templo três espíritos dementados, em louca disparada, gritando palavrões e blasfêmias. Vinculavam-se em sua agitação a um rapaz, que, vítima de processo obsessivo, fora ali conduzido por seus familiares na esperança de cura, mediante a palavra poderosa do ministro Alcides. Não obtiveram o esperado, entretanto.

O missionário estava de pé à frente da igreja, no alto da escadaria que dava para a porta principal. Nesse momento, como consequência da perturbação provocada pelas entidades dementadas, o desditoso rapaz, captando as ondas mentais desequilibradas, pôs-se a correr tresloucado e jogou seu corpo contra Alcides, que rolou escada abaixo, provocando gritos e cuidados da multidão de fiéis.

Socorrido o ministro, sob a observação de seu rebanho espiritual, constatou-se fratura exposta na perna e no braço direito. Teve que ser conduzido imediatamente ao hospital para pronto atendimento. Todos estavam convictos de se tratar do poder do *inimigo*, o demônio, que intentava atacar o servo de Deus, conforme gritavam todos, ao mesmo tempo.

A atmosfera tornara-se novamente densa para nós, devido às vibrações desencontradas de espíritos e encarnados presentes. Aproximou-se novamente de nosso pequeno grupo o irmão espiritual responsável pelas tarefas de socorro operadas naquele templo religioso.

— Como veem, meus irmãos — falou-nos o venerável Ernesto —, os desequilibrados dos dois planos, vilipendiados e explorados em sua fé pelos desatinos do infeliz ministro, transformam-se em seu próprio instrumento de tortura. O que acaba de suceder, contudo, não é ainda o resgate que Alcides terá que enfrentar como consequência da violação dos estatutos da divina lei, de que foi artífice. Porém, agora, impossibilitado de locomover-se devido ao acidente, estará temporariamente impedido de levar adiante suas campanhas de libertação.

Durante esse período, encaminharemos recursos a fim de favorecer o máximo proveito do tempo em que permanecerá de repouso, para que possa empregá-lo na revisão de suas atitudes e desvarios.

"Agradecemos aos irmãos o fato de terem vindo aqui nos auxiliar. Acreditamos que, unidos nossos esforços, após a deliberação do Alto, algo haveremos de conseguir em favor dos encarnados que militam nesta seara. Na verdade, já podemos sentir o sopro renovador que, com certeza, nos visitará por estes lados."

— Meu irmão — falou o companheiro José da Silva. — Estaremos nós próprios compondo a caravana de auxílio que mais tarde virá para o devido trabalho, tão logo nos seja concedida permissão para tal. Por ora, colocamo-nos à disposição para o que for útil. Deus abençoe-nos o propósito de serviço.

Após as despedidas, aquela equipe permaneceu no local. Quanto à nossa caravana, pôs-se a caminho, todos profundamente pensativos quanto às responsabilidades no campo da fé. O caso de Alcides fez-nos meditar sobre muitos de nossos posicionamentos frente aos adeptos de crenças religiosas diferentes da que abraçamos.

A noite refletia as belezas das luzes distantes, de

outras terras do infinito, quando a caravana levitava rumo a novas tarefas e ao decorrente aprendizado.

VENDIDOS OS MILAGRES...

MAIS TARDE assistiríamos a novos acontecimentos relacionados a Alcides e sua paróquia.

Continuamos auxiliando nosso irmão, que, com a fratura do fêmur, permaneceu por longo tempo em repouso, o que nos facultou ensejo de canalizar recursos, colimando objetivos mais elevados para ele. Como providência do Alto, foi prorrogado o período em que o ministro ficaria acamado, por meio do agravamento de seu quadro clínico. Contraiu leve infecção, o que nos facilitou bastante o trabalho junto a ele, entre outras razões devido à atuação de sua mulher e de seu filho, que tiveram então oportunidade de ficar a sós com o esposo e pai, mantido afastado dos púlpitos.

A comunidade religiosa prosseguiu suas atividades, apesar da ausência do ministro. Um diácono foi delegado para assumir a direção da obra. Por ser mais comedido nas atitudes, contribuiu de alguma forma para a atuação mais efetiva da equipe espiritual que presta assistência no local. De Aurora e de outras colônias partiram algumas equipes de socorro e auxílio, a fim de trabalharem no que fosse possível, com base nas informações atinentes ao caso.

Arlete, a mãe de Alcides, formou pequeno grupo de oração, junto com alguns irmãos mais responsáveis, e paralelamente trabalha em favor da ajuda e do esclarecimento de pessoas necessitadas da comunidade.

Em resumo, embora não se possa esperar de nossos irmãos uma renovação radical de seus princípios, ao menos por ora, permanecemos à disposição com nossa equipe espiritual. Conforme as necessidades e a deliberação do Alto agiríamos, sempre lhes respeitando a maneira própria de adorar ao Pai. Dentro de pouco tempo, já se pôde notar o sopro renovador naquela comunidade. Com as mudanças e a licença temporária de Alcides do templo religioso, a profetisa ou médium não encontrou campo para sua atuação junto aos fiéis, afastando-se, pelo menos por enquanto, do convívio dos crentes.

CAPÍTULO 7

PRONTO-SOCORRO ESPIRITUAL

Prosseguia a caravana de aprendizes e trabalhadores sob as cintilações das estrelas, que nos convidavam à meditação. Cada um de nós ainda guardava, vívidas no íntimo, as últimas impressões recolhidas na visita daquela noite, quando observamos a igreja do Pastor Alcides, para futura intervenção.

José da Silva, o benfeitor que nos convidara a tais experiências, tecia comentários de grande valor acerca das atividades realizadas pelas diversas escolas religiosas em prol da implantação do chamado reino dos céus na Terra. Nesse momento, avistamos ao longe, do outro lado da cidade, uma luz intensa, chamando-nos a atenção. Notando minha curiosidade e a de alguns companheiros da caravana, Matilde anunciou, após ligeiro entendimento com nosso irmão José:

— Bem, minha cara Everilda, creio que dispomos de algum tempo em nossa programação de hoje. Parece-nos que você e alguns outros se interessariam por fazer mais observações, que, certamente, muito contribuirão para o crescimento individual e mesmo coletivo. De acordo com o que acabo de conversar com José, também estamos dispostos a fazer pequena excursão que se traduza em oportunidade de aprendizado para todos.

Naturalmente, Matilde e José sabiam da minha vontade de aprender quanto pudesse, pois, para mim, o mundo espiritual assemelhava-se a um novo país que me chamava a conhecer seus habitantes e mistérios, sua cultura e os costumes que lhe são próprios. Não perderia aquela oportunidade por nada no mundo.

Afinal, é somente assim, na constante busca de novos conhecimentos e ocupando-me com o trabalho construtivo e ininterrupto, é que conseguia aguentar a separação da família, dos meus filhos, de todos que constituem a razão do meu viver. Matilde, ciente das minhas necessidades de espírito apegado aos amores e afeições que deixara na Terra, sempre que podia me proporcionava a oportunidade de aprender mais, trabalhar e prosseguir em direção às conquistas imortais. Prometera a mim mesma esmerar-me no estudo e na labuta, dando o máximo de mim, para que algum dia pudesse servir, auxiliando aqueles que deixara no campo bendito das lutas terrenas.

Agradecida a Deus na intimidade de meu espírito ao refletir sobre essas coisas, mantinha o pensamento voltado ao Senhor. Por isso, acabei não observando os detalhes da paisagem ao nos aproximamos de uma construção sólida, semelhante a uma igreja, impressão que se confirmou quando chegamos ao pátio externo. Imensa cruz, envolta em diamantina luz, permanecia suspensa na entrada do lugar.

A diferença em relação ao templo que visitáramos há pouco era marcante. Estávamos igualmente diante de uma igreja protestante; porém, quando comparamos as respectivas estruturas espirituais, notamos que o contraste era abismal. Das paredes à nossa frente irradiava brilho de tonalidades variadas, embora o azul predominasse sobre as demais cores. Por algum mecanismo então ignorado por mim, aquela luminosidade nos proporcionava bem-estar e tranquilidade, como se fossem mais que luz — *radiações fluídico-coloridas* foi a expressão que me ocorreu.

Estávamos a mais ou menos 30m do pórtico de entrada, quando notamos uma espécie de cerca magnética estendendo-se em volta da casa de oração, qual redoma de finíssima textura, certamente mantida como proteção do ambiente espiritual.

Alguns espíritos movimentavam-se no interior da rede de defesa — assim a chamaremos. Parecia-nos ser intensa a atividade naquele local. Ao nos aproximarmos da rede, apenas a alguns passos de distância, uma abertura do tamanho de uma mão surgiu a nossa frente, emitindo forte luminosidade verde-clara. Matilde levou sua mão a tocar na abertura, no que foi imediatamente seguida por todos da caravana. Somente após o feito é que fomos admitidos no interior da rede de defesa. Julgamos haver passado por um processo de identificação para podermos adentrar o local.

Pudemos notar grande movimentação dos desencarnados que ali trabalhavam. Apresentou-se a nós um espírito, que se denominava apenas *servidor*,

esclarecendo-nos que ali era um pronto-socorro espiritual, em que várias equipes do Plano Maior encontravam ambiente favorável para a realização de suas atividades de ajuda.

— Em caráter regular, processa-se aqui o culto do Evangelho segundo a interpretação calvinista das Escrituras Sagradas. Bom número de companheiros encarnados reúne-se neste local para o estudo dos ensinamentos bíblicos. Em suas vidas, podemos apreciar a sinceridade no propósito de se esclarecerem — o que lhes caracteriza a fé. De forma simples, porém ativa, procuram crescer e tornar-se úteis a seus irmãos de humanidade em obras de beneficência social.

"Assim, as vibrações emitidas pelo agrupamento evangélico que aqui se reúne há décadas atraiu a atenção das dimensões maiores da vida, de maneira que, quando cá chegamos, há 30 anos, encontramos receptividade e matéria mental propícia para atividades de caráter superior. Ao enviar um relatório preliminar para análise do Alto, tive a felicidade de receber, prontamente, um contingente de prestimosos servidores do nosso plano, a fim de que estabelecêssemos uma base de apoio neste templo religioso" — falou-nos o espírito que se identificara como servidor.

Nós, os integrantes da caravana, ficamos perplexos com a atividade ali desenvolvida. Várias equipes se movimentavam em perfeita harmonia, e suave aroma balsamava a atmosfera, onde respirávamos a longos haustos, revitalizando-nos e alimentando o espírito de vibrações salutares.

— Recolhemos os encarnados desdobrados pelo sono físico e que necessitam do socorro médico-espiritual mais urgente; nisso consiste uma de nossas principais ocupações. Grande equipe de enfermeiros do nosso plano os reúne na intimidade desta casa de amor, onde se processa uma série de intervenções no psicossoma, com a finalidade de auxiliar na recuperação dos nossos irmãos por meio da terapêutica adequada. Outra equipe, não a nossa, é responsável pela extração de elementos orgânicos dos diversos domínios da natureza, que são processados pela equipe médico-espiritual, a fim de ministrar tais substâncias medicamentosas àqueles que estão sob nossa tutela.

Interrompi a explicação do servidor para indagar, curiosa:

— E a rede magnética, qual a sua finalidade?

— A rede é construída com base na própria irradiação mental dos trabalhadores encarnados, que nos proporcionam elementos para o erguimento da defesa energética. Mas é claro que tivemos de instalar dois geradores, os quais modulam e ampliam as forças aqui elaboradas, que são revertidas em benefício do equilíbrio do próprio posto — esclareceu o espírito.

— Mas notamos aqui tanta harmonia e um trabalho tão incessante que dificilmente entenderíamos a necessidade de tal defesa — insisti.

— Ah! Minha irmã... — tornou o servidor. — Não se iluda! Pronto-socorro é lugar de gente doente e, por vezes, em franco desequilíbrio. Aportam aqui vários companheiros do mundo físico dotados de complexa problemática no panorama de suas aquisições espirituais, trazendo cada qual seus verdugos do passado, que representam ameaça real à harmonia. Investidos de ódio ferrenho, tais inteligências procuram a todo custo impedir que suas vítimas sejam socorridas. Isso sem considerar as falanges do mal que tentam minar os trabalhos aqui desenvolvidos, combatendo-os declaradamente. Não se pode vacilar!

"Na verdade, onde o bem faz sua luz, as trevas se sentem coagidas; e, como não podia deixar de ser, reagem a seu modo. Esse confronto está posto no quadro atual do planeta Terra, faz parte da realidade e do momento evolutivo que atravessa o orbe, e negar tal fato é tanto imprudência quanto sinal de imaturidade.

"Tendo em vista tais circunstâncias, torna-se imperativa a adoção de medidas de segurança, que nos facultem a continuidade das tarefas. Daí serem todos submetidos à identificação ao adentrarem o ambiente. Já experimentamos tempos difíceis, quando foi necessário implementar as defesas."

Após o exposto, ingressamos no templo, onde se encontravam os outros companheiros da nossa equipe. Interpenetrando a matéria densa do plano físico, pudemos notar, na dimensão extracorpórea, a existência de vários leitos, que cobriam toda a extensão do auditório onde se processavam as reuniões evangélicas. Dos móveis que havia na igreja, irradiava luz de coloridos diversos, como uma aura a envolver todos os objetos materiais. Vendo-me a contemplar esse fenômeno, que me fascinava devido a sua rara beleza, José da Silva prontamente elucidou:

— O que você observa, Everilda, é tão-somente o reflexo das irradiações mentais dos fiéis que cultivam o hábito da prece, buscando a sintonia com os planos elevados, embora não tenham consciência do que ocorre na esfera das realidades imortais. Na verdade, quando se reúnem para os estudos bíblicos, que se compõem de leituras e comentários edificantes, preces e hinos que vibram com harmonia no ambiente, a matéria sutil é automaticamente impregnada dos eflúvios que emanam da intimidade de cada um. Todos os objetos passam a refletir em sua aura, na forma de ondas luminosas, o próprio teor dos pensamentos aqui cultivados.

— Então os utensílios, como cadeiras e mesas, que não têm vida própria, todos possuem aura?

— indaguei com surpresa.

— Como não têm vida? Tudo é vida no universo! Segundo a aparência são inanimados; porém, na intimidade de cada objeto, vibram moléculas e átomos, que são outras tantas vidas latentes, em elaboração na grande obra de Deus, cada um externando de si mesmo suas irradiações peculiares. Desaparecendo sob nosso olhar a densidade ou a coesão normalmente atribuída à matéria, vemos a energia em suas mais variadas manifestações. Aqui a observamos radiante, compondo os átomos astrais, mais ou menos fluídicos, conforme o nível dimensional em que se manifestam; ali a descobrimos constituindo a maravilha dos fótons, transformada em partículas luminosas; acolá a energia se apresenta em sua forma mais *coagulada*, que designamos de matéria densa.

"Como podemos concluir, Everilda, já que na intimidade de tudo vibra a energia, nada mais lógico do que toda a natureza ter sua própria *aura*. Mas não são apenas os objetos inanimados que emitem tais radiações e refletem as emissões mentais dos encarnados. Igualmente, você poderá notar toda a matéria extrafísica envolta numa certa luminosidade. Observe aquilo que denominamos *luz astral* e que domina toda a paisagem do nosso plano e entenderá."

Quando o irmão José terminou a elucidação, vários companheiros estavam parados, ouvindo-o. Eu, porém, silenciosamente refletia sobre a grande responsabilidade que temos pelos pensamentos cultivados em nossa mente e em como não nos damos conta, quando encarnados, desse poder que detemos. A vida espiritual, mais uma vez, revelava-se verdadeira escola da vida.

Encerrando nossas observações, aproveitamos que naquele momento partia uma caravana de samaritanos para as tarefas da noite e, ao se reunirem

para orar, juntamo-nos a eles em agradecimento ao Pai pelas bênçãos concedidas. Foi Matilde quem fez a prece, convidada pelo servidor:

— Pai amantíssimo, abençoados pela tua divina misericórdia, encontramo-nos reunidos nesta casa singela, onde o teu nome é venerado pelos teus filhos nos dois planos da existência...

Continuando, Matilde parecia arrancar lágrimas de nossos olhos. Caíam do alto, sobre todos nós, pétalas iluminadas. Na verdade, seu aspecto sugeria serem constituídas de pura luz. Do peito de Matilde, de José da Silva e do servidor, irradiava forte claridade que a todos nós envolvia, deixando-nos, por alguns momentos, sob a impressão de estarmos no tão sonhado céu, dado o arrebatamento que nos elevou o espírito. Somente então pudemos auferir quão elevados esses companheiros na realidade eram, pois, durante a prece, tornaram-se translúcidos, tal o estado íntimo de cada um. Assistíamos a um magnificente espetáculo de cores e luzes. De repente, um triângulo de energia abarcava o grupo, elaborado a partir das irradiações provindas dos três companheiros. Experimentávamos um estado de silêncio interior, de serenidade de alma, como poucas ou raríssimas vezes vivenciara até ali. No instante em que Matilde terminou a prece, meus olhos vertiam uma lágrima, demonstrando discretamente quanto a oração me tocara o espírito.

De todos os objetos materiais do ambiente físico do templo emanava uma luz azul-clara, compondo a aura de tudo que ali existia. Formava-se belo contraste com a intensa luz branca que envolvia os leitos em nosso plano.

A equipe de trabalhadores do posto de socorro saía agora para as atividades da noite, quando conduziriam espíritos desdobrados pelo sono àquele hospital espiritual a fim de submeterem-se ao devido tratamento, conforme sindicância feita pelos orientadores da tarefa.

Após breve despedida, nossa caravana partia também, levitando na atmosfera, quando Antônia e eu, olhando para trás, vimos o templo todo envolvido em suave luminosidade, que dava à visão um ar verdadeiramente espiritualizado e agradável. Matilde e Alfredo iniciaram um hino, que todos acompanhávamos com intensa vibração, sustentando nossa caravana sobre os fluidos ambientais daquela cidade.

Recebíamos grande quantidade de energias pela luminosidade da Lua, que, como uma deusa, refletia em sua claridade as bênçãos do Criador. O firmamento, povoado de estrelas, inspirava-nos a entoar o hino que elevávamos ao Senhor de nossas vidas. Demandamos outras atividades, que certamente nos aguardavam na casa de apoio.

CAPÍTULO 8

A TÉCNICA SIDERAL

Estávamos reunidos num local cercado por algumas laranjeiras, plantadas no entorno da casa que nos abrigava e que utilizávamos como posto avançado dos trabalhos na Crosta. Comentávamos os casos analisados, enquanto cada um fazia anotações, de modo a sorver todo o aprendizado que as experiências nos tinham a oferecer. De fato participávamos de uma aula ao rever o que vivenciáramos até então, sobretudo com as análises que os benfeitores logo levariam a cabo.

Tudo isso ocorria em meio ao aroma suave das flores de laranjeira, as quais desabrochavam naquela época do ano e assim enchiam o ambiente com suave fragrância, tornando bastante agradável a atmosfera. Eu registrava cada detalhe, visando aproveitar os apontamentos, tanto para edificação íntima quanto para levar as experiências a outros que delas pudessem se beneficiar. Nem sabia, na época, se haveria oportunidade de transmiti-las ao outro lado por meio da mediunidade, mas continuava listando as observações pessoais, como num diário, para mais tarde usar como material de estudo.

Interessante é que não anotávamos as experiências usando a escrita. Cada membro da nossa caravana recebera um pequeno aparelho, ao partir na excursão; segundo nos explicou um amigo em Aurora, era uma espécie de gravador, que memorizava as ideias transmitidas. No entanto, tal aparelho tinha características singulares. Não precisávamos nem sequer falar para que fosse feito o registro daquilo que queríamos; o artefato capturava as emoções, os sentimentos e ainda as imagens que gostaríamos de conservar para análise posterior. Fisicamente, se assim se puder dizer, o instrumento media, segundo as medidas da Terra, o equivalente a 15cm, com ligeiro abaulamento na parte superior. Em seu aspecto geral, talvez se assemelhasse a uma caixa de fósforos. Para acioná-lo, bastava concentrar-nos por breve instante e posicioná-lo a cerca de 30cm da região onde se situa o chacra frontal. De imediato, o dispositivo tecnológico adquiria coloração verde-clara, entrando em funcionamento. Quando queríamos rever o que ficou gravado, era suficiente levar a mão sobre ele e exercer leve pressão. Instantaneamente, externavam-se imagens, personagens e sons numa espécie de projeção holográfica quadridimensional, e até mesmo as emoções vividas durante as cenas capturadas tornavam-se facilmente perceptíveis. E mais: as imagens, ao serem projetadas, não o eram num ponto determinado, mas em torno de quem as observava, como se o próprio ambiente refletisse os lances impressos na sofisticada memória do equipamento.

O pequeno utensílio tinha inclusive a propriedade de facilitar-nos a comunicação com os encarnados. Tanto assim que, quando o aproximo do sensitivo de que me utilizo para a escrita deste texto, o fenômeno mediúnico não se dá apenas como de costume, isto é, de modo automático, já que sua psicografia é do tipo mecânica. Ele é levado a perceber — ou deveria dizer mergulhar? — as imagens e cenas relativas ao que está sendo escrito, à medida que cada trecho aparece no papel. O aparato tecnológico projeta os médiuns no próprio ambiente que desejamos descrever, fazendo com que apreendam emoções, sentimentos e, em última análise, acabem por vivenciar a situação, como se dela tivessem participado. Na realidade, ao expandir o perispírito por meio do transe, o médium capta os conteúdos armazenados no dispositivo, os quais se revelam na atmosfera a sua volta. É de supor que a atuação do espírito comunicante amplie ainda mais o processo de transmissão, embora o instrumento desenvolvido pelos técnicos de Aurora nos facilite significativamente a reprodução da mensagem que desejamos transmitir.

Compete-nos esclarecer que nem todas as comunicações se realizam dessa forma, como se poderia imaginar. Relato aqui apenas um dos recursos de que dispomos em nossa caravana. De modo geral, os médiuns são envolvidos pelos espíritos nos fluidos sutis que partem de si, enquanto os sensitivos, expandindo com mais facilidade suas auras, estabelecem sintonia com o desencarnado e captam as imagens e os pensamentos transmitidos diretamente aos centros sensoriais. Isso quando não

acontece de o médium se desdobrar, projetando-se deste lado e vivenciando toda a história com real nitidez, o que favorece sobremaneira a comunicação, no momento em que ela se der.

De um jeito ou de outro, muitas vezes utilizamos elementos da técnica sideral a fim de ajudar no trabalho com os sensitivos, atenuando os obstáculos inerentes ao exercício da mediunidade. Além dos desafios naturais, não há como se furtar à constatação de que os medianeiros, em sua grande maioria, encontram-se frequentemente com a sensibilidade embotada por caprichos e desvios clamorosos dos caminhos do equilíbrio, conforme recomendado pelo Divino Amigo em seu Evangelho luminoso.

Por essas e outras razões, somos compelidos a usar aparelhos desenvolvidos especificamente para favorecer — e, em certos contextos, até possibilitar — a comunicação com o outro lado da vida. Esses recursos de avançada tecnologia, forjados nos elementos semimateriais de nosso plano, possuem não somente a propriedade de gravar pensamentos, emoções e sentimentos, mas também são capazes de baixar ou modular a frequência vibratória de suas emissões, a fim de que o médium capte mais facilmente aquilo que desejamos transmitir com máxima fidelidade e mínima distorção possíveis.

Não raro, alguns encarnados detentores de vidência, ou mesmo em desdobramento, percebem fios, aparelhos e até mesmo pequenas usinas de força. Trata-se de instrumentos que são levados às reuniões específicas de intercâmbio e conectados a alguns médiuns, com o objetivo de favorecer-nos o trabalho de comunicação com o mundo físico. Assim é que já pudemos observar a existência de geradores de energia empregados na proteção de determinados ambientes onde se desenvolvem trabalhos espirituais. Esses pequenos, embora sofisticados instrumentos — geralmente não ultrapassam o tamanho de uma mão humana —, têm a potência de, no mínimo, três usinas nucleares de médio porte, daquelas que existem na Terra.

Pode-se ter a impressão, às vezes, de que estamos divagando, ou mesmo relatando fatos sobre um universo de ficção científica; contudo, a realidade é que a vida física é uma pálida expressão da verdadeira vida, que é a espiritual. Regurgita de atividades o campo infinito da vida extrafísica ou extracorpórea. Há criações fluídicas que espantariam o mais engenhoso arquiteto. Elemen-

tos tecnológicos estruturados na matéria sutil, que envolve os espíritos em seu *habitat*, são fruto do trabalho de mentes sadias e espiritualizadas, equilibradas pela vivência dos princípios superiores das leis divinas.

Por outro lado, lançando mão de variações mais densas da mesma matéria extrafísica — que poderíamos chamar de *astralina*, nesta faceta específica —, as mentes perversas e maldosas também desenvolvem recursos próprios. Técnicas e tecnologias dominadas por entidades inteligentes, verdadeiras sumidades do reino das sombras, empregam tais instrumentos a fim de promover a desordem e o desequilíbrio, em sua acepção mais abrangente. Procuram, inutilmente, ludibriar as leis que nos regem a vida imortal e, nesse intento, alcançam feitos notáveis, do ponto de vista do avanço científico.

É possível, a partir dessa explicação, entender a possibilidade da existência dos microaparelhos que magos das trevas e cientistas do mal[25] desenvolvem, implantando-os nas vítimas de suas experiências macabras, provocando efeitos os mais diversos. Muitas doenças de difícil diagnóstico na medicina terrena podem ser causadas por esse processo, e lesões perispirituais ou que afetam a delicada tessitura da tela etérica são alguns dos elementos que favorecem os processos obsessivos de variadas nuances e intensidades, levados a cabo por meio de uma técnica engenhosa e maligna.

[25] O livro *Tambores de Angola* traz interessantes informações sobre implante de aparelhos parasitas. Por sua vez, *Legião* e *Senhores da escuridão*, os dois primeiros volumes da trilogia "O reino das sombras", aprofundam-se no estudo dos magos negros e cientistas do astral (PINHEIRO, Robson. Pelo espírito Ângelo Inácio. Contagem, MG: Casa dos Espíritos Editora, respectivamente: 1998/2009, 22ª ed.; 2006/2008, 7ª ed.; 2008, 2ª ed.).

Os trabalhadores do mal aplicam esses recursos também nos encarnados que portam desequilíbrios morais e, por isso mesmo, abrem-lhes as comportas mentais, potencializando conflitos existentes. Deixam suas cobaias à mercê de seus apetrechos técnicos genuinamente diabólicos. Podem ser catalogados aqui casos de alucinação, doenças psicossomáticas e outros distúrbios, que, por vezes, guardam sua gênese na ciência das sombras. Não se pode generalizar, porém é algo mais comum do que se imagina.

Para a recuperação daquele que é vítima — ou

melhor, alvo — de processos assim, fazem-se necessárias intervenções cirúrgicas delicadíssimas por parte da equipe médico-espiritual, quando não se torna imperativo que se induza o próprio autor da investida funesta a remover o implante por ele alojado na estrutura perispiritual ou energética de quem padece por causa de seu desatino.

Como se pode ver, o emprego da técnica e da tecnologia deste lado da vida assume proporções vastas, desde os veículos que se destinam ao transporte coletivo de desencarnados até a nanotecnologia desenvolvida pelos cientistas extrafísicos. Variam, como tudo o mais, de acordo com a aplicação que se lhe dá: para as construções superiores do espírito ou para a decadência do ser no reino temporário das sombras.

Ante os comentários que nossos benfeitores teciam a respeito da técnica utilizada por grande contingente de espíritos, meditávamos nas maravilhas que Deus nos coloca à disposição para nosso engrandecimento e para auxílio aos necessitados.

Agradecidos pela oportunidade do ensinamento sublime que nos fora concedido, continuamos atentos às lições ministradas, envoltos no aroma suave das flores de laranjeira e no perfume de rosas que haviam impregnado o ambiente, inebriando o espírito com a suavidade de suas fragrâncias.

CAPÍTULO 9

UMA VEZ MÃE, SEMPRE MÃE

Sob a coordenação de Matilde e Alfredo, desenvolvíamos um estudo do texto evangélico sobre as bem-aventuranças, quando, no momento da prece proferida por Ernestina — dedicado espírito que tanto me auxiliou nos primeiros momentos de além-túmulo —, todos pudemos perceber, como que impregnando os fluidos da atmosfera, o choro e o clamor de uma alma aflita. Aquilo repercutia em torno de nós e, ao mesmo tempo, fazia-se acompanhar de imagens mentais vibrantes, que víamos como fitas coloridas a avançar pelo espaço em nossa direção; ao nos atingir, desfaziam-se e se dispersavam no ambiente em torno de nós.

— Que se passa? Não entendo este fenômeno — disse Antônia. — Para mim é algo novo. De que se trata?

— O fenômeno que todos presenciamos, acompanhado do pranto convulsivo — esclareceu Alfredo —, são as emissões mentais de um companheiro encarnado. É uma clara tentativa de elevar seus padrões mentais através da prece. Porém, preso de grande aflição, de verdadeiro pavor devido a alguma dificuldade enfrentada no momento, ele acaba por criar formas desconexas por meio do pensamento, as quais avançam espaço afora em busca de outras mentes que lhe atendam ao apelo desesperado.

— E por que não sobem direto aos planos mais altos? Por que se desfazem ao nos tocarem? — perguntou ainda Antônia.

— Acontece que a fonte de tais criações não consegue manter um pensamento contínuo em estado de prece, e, ao que tudo indica, é o máximo que a infeliz criatura pode no momento fazer — explicou Alfredo. — São clamores angustiados e pensamentos aflitos dirigidos a esmo, que nos encontram no instante em que sintonizamos com o Alto em oração, já que o nosso objetivo é auxiliar no trabalho infinito do bem comum.

Sentíamos de modo cada vez mais intenso o chamado de socorro, como se o emissor fosse poderoso telepata a buscar uma mente que lhe captasse os sentimentos e emoções. O ar impregnara-se de forte colorido, e os reclames do espírito aflito reverberavam em nosso íntimo com tal vigor que, de pronto, a caravana movimentou-se, sob a orientação de Matilde, a fim de descobrir a origem daquilo tudo. Seguíamos as formas multicoloridas, que, como disse, assemelhavam-se a tiras de fita espalhadas pelo vento — muito embora, após observar mais atentamente, notava-se apontarem em determinada direção.

A caravana deslocava-se com rapidez rumo a um ponto central da cidade. A impressão que se tinha é que um cometa rasgava a escuridão da noite, com seu halo luminoso, em velocidade alucinante, tal era o rastro deixado por nosso pequeno grupo, que se locomovia em oração, levando o socorro a quem dele necessitasse.

Dentro de alguns minutos, adentramos um pequeno prédio de quatro andares, logo posicionando alguns companheiros encarregados do trabalho de vigilância, do qual não deveríamos nos esquecer. No ar, agitavam-se formas-pensamento de aspecto o mais distorcido possível, sugerindo ser o produto de uma mente altamente desequilibrada ou louca mesmo, tais as conformações que assumiam. Rostos humanos deformados em esgares horripilantes apareciam e desapareciam, quando eram substituídos por figuras nas quais apenas uma imaginação muito fértil poderia identificar algo de natural.

Ernestina prontamente se ofereceu para dispersar aquelas imagens doentias junto com outro companheiro da caravana. Para tanto, empregaram determinado aparelho cujas radiações queimavam ou desestruturavam as criações mentais.

Já no interior do apartamento aonde fomos conduzidos, Matilde aplicava vigoroso passe magnético a fim de despertar um adolescente que dormia no sofá da sala, inspirando-o a abrir as janelas. A entrada de ar fresco favoreceria a balsamização e a limpeza da atmosfera psíquica que envolvia aquele lar, bem como todo o prédio onde estávamos.

No quarto reservado para domésticas achamos um rapaz deitado, de quem dificilmente se saberia a idade certa, devido ao aspecto físico deteriorado, que denotava estado bastante avançado de alguma enfermidade. Deduzimos que não se alimentava há dias, dada a magreza e a notória fraqueza em que se encontrava. Sentia-se o odor desagradável que emanava de seu corpo, causando impressões profundas em nosso espírito. Matilde aproximou-se e tocou a fronte do enfermo com a destra, aplicando-lhe alguns jatos de fluidos sobre a região frontal.

O jovem parecia agonizar; o pranto convulsivo era entremeado por longos suspiros, enquanto a febre alta minava-lhe as últimas resistências físicas.

Ao toque de Matilde, parecia que ele conseguia registrar-nos a presença, embora apenas por breves instantes. A febre e as dores que sentia o levavam a um estado crítico, com os sentidos alterados ou entorpecidos. Despertou em mim o sentimento incontrolável de mãe, comovendo-me profundamente ante o quadro difícil que examinávamos. Aproximei-me instintivamente daquele jovem, como filho dileto de minha alma, e osculei sua face febril, enquanto minhas lágrimas banhavam-lhe o corpo sofrido.

Matilde afastou-se um pouco enquanto eu orava, rogando a Deus que nos inspirasse na ação de socorro àquela alma sofredora. Detive minha visão sobre o enfermo e pude sondar-lhe a intimidade do vaso orgânico, que lhe servia temporariamente de abrigo ao espírito imortal.

Em suas veias, corria sangue infectado por verdadeira multidão de pequenos pontos cinza-escuros, parecendo devorar a vitalidade orgânica com espantosa rapidez e voracidade. Eram como invasores, corpos estranhos a deixar em baixa a resistência orgânica, que jazia minada em decorrência da atividade sinistra de estranhos vírus.

Na região intestinal pude observar também grande quantidade de substância escura, que ali se fixava a sugar as emanações vitais do organismo enfraquecido. No baixo ventre, mais propriamente junto aos órgãos genitais, movimentavam-se repugnantes e minúsculas criaturas, que se assemelhavam a larvas ou vermes, em processo mórbido de vampirização de suas últimas reservas energéticas.

O quadro era desolador e compungia-nos o espírito a cada observação. Quando impusemos as mãos sobre o irmão enfermo, aplicando-lhe jatos de fluidos calmantes, pudemos perscrutar a estrutura de seu duplo etérico, sob a orientação de Matilde. Na área correspondente ao plexo solar, porém no próprio corpo energético, apareciam grandes manchas ou buracos, cujo contorno lembrava as bordas de uma folha de papel queimado. Notando meu assombro, a instrutora acorreu-me, prestimosa:

— Ora, Everilda, não é necessário se espantar tanto com o que vê. Durante a prece que você fazia para o nosso irmão, recebi alguns apontamentos do Alto, que nos elucidam este caso. O jovem, trabalhador de determinada casa assistencial na Crosta, dedicava-se ao auxílio de companheiros necessitados sob o protesto da família e de alguns parentes. Portador de algumas dificuldades no campo íntimo, no que concerne à própria vida sexual, deixou-se arrastar ao desregramento, no passado. Ainda que tenha sido uma fase passageira, veio a saber mais tarde que numa de suas aventuras contraíra o tão temido vírus HIV, causador da síndrome que chamam de aids, segundo o que se estuda na Terra.

— E o tempo que dedicou à ajuda dos necessitados não conta como mérito para se livrar da doença infeliz? — perguntei.

— Ah! Minha querida... Como você sabe, após contrair largos débitos com a divina lei, mesmo depois de alguns acertos posteriores, ninguém pode eximir-se do resgate justo ou da colheita precisa daquilo que semeou. Este irmão, de nome Anatólio, sem dúvida amealhou recursos espirituais no trabalho realizado em nome do bem. Por isso, suas preces foram ouvidas, e aqui estamos para dar-lhe o auxílio de que carece, muito embora o caso exija cuidados mais especializados. Não obstante, colhe agora não apenas o resultado de alguns momentos de desequilíbrio a que deu vazão em sua presente existência; ressarce sobretudo erros clamorosos de um passado sombrio, em que foi o autor de graves crimes no campo sagrado dos sentimentos alheios.

"Quanto ao que se pode ver na contextura de seu duplo etérico, que parece queimado em certas regiões, trata-se da própria ação destrutiva do vírus contraído por Anatólio, que promove a desagregação das células semimateriais. Como você sabe, minha querida, esse veículo energético, também denominado corpo vital, é constituído de matéria em vibração ligeiramente superior àquela de que é formado o organismo físico. Segundo os estudiosos do assunto, em sua composição há grande quantidade de ectoplasma, fato que o torna sensível à ação determinada e persistente de diversos elementos químicos empregados pelos encarnados. O fumo e os narcóticos, por exemplo, interferem em seu funcionamento. Até mesmo os vícios de natureza moral desenvolvidos e acondicionados no íntimo do ser são capazes de exercer influência daninha sobre o equilíbrio do corpo etérico.

"Acontece que a ação prejudicial do vírus em questão, como já pudemos observar em casos análogos, não atinge apenas a parte mais densa da organização biológica, mas também a contraparte etérica dos humanos, abrindo verdadeiras brechas em sua tessitura. Esse fato os deixa à mercê dos ataques de natureza espiritual inferior, pois é devido à tela etérica que o encarnado é, até certo ponto, protegido ou resguardado da ação pertinaz de irmãos nossos temporariamente voltados para o caminho que chamamos de mal. Se essa tela se rompe, certamente a defesa que oferece fica comprometida.

"No estágio seguinte, atingindo proporções ainda mais amplas, afeta-se o perispírito ou corpo astral, como é conhecido nas diversas escolas espiritualistas. Sendo o modelo a partir do qual o veículo físico se organiza, o psicossoma se vê intimamente desequilibrado em suas funções num processo como esse. Os fatores que explicam a proliferação do ultravírus HIV, como de outros mais, na verdade estão associados à deficiência moral do indivíduo, em seu aspecto mais abrangente. De certo modo, o sujeito reproduz no próprio organismo perispiritual a forma do vírus, através da elaboração lenta e constante de matéria mental favorável à materialização de seus desequilíbrios. Tão temido por nossos irmãos de humanidade, o elementar ser vivo, que nem sequer alcançou o nível celular na escala evolutiva, só se prolifera como reflexo do comportamento humano.

"Assim é que, antes de uma pessoa ser acometida de alguma patologia no campo físico, em virtude do ataque de determinado vírus, a gênese ou causa principal da enfermidade já se instalou há tempos, e reside na intimidade do próprio espírito. Muitas vezes, a doença diagnosticada pela equipe médica terrena é tão-somente o expurgo da atividade mórbida da viciação moral, que, ao desestruturar a delicada tessitura do organismo perispiritual, finalmente extrapola para a periferia do corpo físico. São os mecanismos da lei divina em ação."

— Então, pode-se depreender que, na realidade, o sofrimento de Anatólio não é a doença em si, mas já seu próprio espírito a se livrar dos resquícios atávicos de que é portador?

— Isso, caso nosso irmão saiba aproveitar as dificuldades para a elevação moral — prosseguiu Matilde. — Do contrário, será apenas mais uma dor, que, mais tarde, em outra reencarnação, aparecerá de maneira diferente. O problema talvez até seja diagnosticado e tratado pela medicina terrena, mas a causa primordial perdurará no íntimo do indivíduo e continuará a se manifestar aqui e ali, indefinidamente, até que ele promova uma mudança radical em sua vida moral. Com isso, transformará a própria vibração das células do perispírito, as quais não mais estarão suscetíveis a abrigar novas formas mentais vivas e de natureza virulenta.

"Sem a devida revisão dos padrões de conduta, de hábitos e pensamentos, com a consequente aquisição de valores nobres, os sinais de exteriorização ou sintomas da enfermidade até poderão mudar, dando margem à melhora, porém em caráter temporário. O mal surgirá em ocasião posterior, ainda que sob outra aparência e com nova designação, segundo a nomenclatura da medicina humana. Do ponto de vista espiritual, no entanto, seguirá sendo sempre o mesmo mal, cuja origem é uma só. Qualquer terapia empregada para erradicá-lo será mero paliativo caso não leve em conta a realidade e a ascendência do espírito sobre todas as coisas. Não há como negar: em nós mesmos, na realidade íntima, é que se encontra a gênese de toda desdita ou de nossa ventura."

Terminado o esclarecimento a respeito da questão, adentrou o apartamento veneranda entidade que fora enviada de uma colônia próxima, auxiliando-nos na operação de assistência a Anatólio.

— Meus amigos — principiou o luminoso espírito —, ao que tudo indica a bondade do Pai, abençoando-nos os propósitos de servir, reuniu-nos aqui a fim de interceder em benefício de Anatólio. Como podemos notar, nosso irmão foi relegado ao abandono pelos familiares. Localizaram-no aqui neste quarto, longe das demais dependências do vasto apartamento, receosos de contraírem o vírus que julgam letal. Entretanto, o coração sensível de seu irmão, ainda na adolescência do corpo físico, apiedou-se do enfermo. Em virtude de sua intervenção em favor de Anatólio, vencendo as barreiras do preconceito familiar, nos últimos momentos que lhe restam no corpo de carne, é que este ainda sobrevive.

— A companheira Everilda e eu, pessoalmente, afeiçoamo-nos a Anatólio. Todavia, apesar das possibilidades de que dispomos em nossa caravana, reconhecemos que nosso pupilo necessita de cuidados mais específicos. Daí nossa intercessão junto aos planos maiores através da prece, a fim de enviarem urgente socorro — disse Matilde. — Graças a Deus, o irmão aí está a nos auxiliar com seus recursos.

— Agradeço a oportunidade de ser útil. Todavia, venho como porta-voz da notícia de que nosso Anatólio não mais necessitará permanecer no corpo denso, padecendo as consequências da enfermidade que o aflige tão severamente. Por simples impositivo da lei, compreende-se que deveria permanecer mais algum tempo no corpo físico, em regime de sofrimento reparador. Porém, em razão do trabalho que empreendeu, ao longo de três anos ininterruptos de genuína dedicação aos necessitados, amealhou recursos morais que lhe conferiram a oportunidade de abreviar sua dor. Com a ação de dedicados companheiros deste lado da vida, poderá ser desligado do veículo somático dentro em pouco. Para tanto, deverei conduzi-lo a veneranda instituição, o Hospital do Silêncio, onde será assistido por abnegada equipe.

Falando-nos assim, o abençoado mentor convidou-nos a manter clima de prece enquanto ministrava passes longitudinais sobre Anatólio, trazendo-o em espírito para o nosso lado. Matilde o amparou, e logo o tomei nos braços, dirigindo-nos, com o emissário do Alto, rumo ao posto de socorro no astral superior, a fim de medicar o rapaz, que, embora desdobrado, não conservava consciência do que ocorria. Ao passo que os demais integrantes de nossa caravana tratavam de medidas fundamentais quanto à segurança do local, coibindo a entrada de espíritos maldosos ou vampirizadores de energia, Matilde e eu, levando Anatólio desacordado em nossos braços, seguimos com o nobre companheiro espiritual rumo ao hospital do espaço. Lá chegando, Anatólio foi carinhosamente acolhido por especialistas na área da saúde, auxiliando-o no tratamento de que necessitava.

Ao mesmo tempo, outra equipe partia daquele

hospital, encaminhando-se ao apartamento de onde viéramos, no qual repousava o corpo de Anatólio. Substituíram nossa caravana, e, em seguida, fomos informados de que dali a dois dias procederiam ao desligamento final de Anatólio-espírito de seu corpo físico. Seria seu desencarne.

Comovidas com o caso, Matilde e eu retornamos à Crosta a fim de dar continuidade às tarefas programadas, confiantes nos cuidados prestados àquele espírito que tanto nos inspirou carinho e amor de mãe.

Dezenas de meses depois, Matilde e eu continuaríamos indo àquele hospital regularmente, a fim de visitar Anatólio, já consciente e mais restabelecido, esperando ansiosamente a época em que poderíamos tê-lo residindo conosco em Aurora. Se Deus assim o permitir, terei um dia a oportunidade de oferecer-lhe novo corpo físico, como filho meu, quando eu mesma aí estiver, reencarnada.

Em dois dias havíamos retornado ao apartamento onde Anatólio morava, encontrando-o visivelmente melhor, já reassumido o corpo físico após o tratamento prévio ao desencarne, no Hospital do Silêncio. Novamente contamos com a presença do companheiro de elevada hierarquia espiritual, a quem preferimos não identificar, que muito auxiliou no processo de desenlace do rapaz. Toda a nossa caravana estava presente, envolvendo o ambiente doméstico de nosso irmão em vibrações salutares, de modo a facilitar a intervenção do bondoso mentor. Ernestina e Antônia incumbiram-se de sanear o ambiente, eliminando miasmas porventura existentes. Aproximadamente às 22 horas, no cômputo de tempo da Terra, toda a equipe já havia concluído os preparativos necessários.

Alguns familiares do enfermo querido dormiam, outros ainda estavam acordados quando o luminoso benfeitor começou com os passes longitudinais que deram início ao processo de desencarne de Anatólio. À medida que se intensificava a marcha, notamos leve luminosidade a envolver o corpo de nosso protegido para, dentro de instantes, destacar-se dele em direção à sua esquerda. Assemelhava-se a uma névoa azulada com nuances de vermelho intenso. Em seguida, presenciamos a réplica perfeita de Anatólio, ou o próprio Anatólio-espírito, mais ou menos lúcido, ao lado do corpo físico. Era o desdobramento do psicossoma, o veículo de manifestação da consciência que sobrevive à chamada morte. Nesse ponto, ainda havia um fio luminoso ligando-o ao corpo que gradativamente abandonava, como veste rota que seria consumida pelo tempo.

Quem observasse o corpo físico de Anatólio naquele momento, tendo alguma sensibilidade, logo se comoveria ao ver o sangue romper em borbotões pela boca semi-aberta, enquanto toda a flora bacteriana invadia sua intimidade de maneira violenta.

Anatólio começou a vomitar. Juntamente com os produtos que expelia, notamos, na contraparte etérica das substâncias, manchas ou placas amarronzadas, que igualmente saíam de seu interior. Eram tão adensadas que cogitei serem pedaços de seu fígado ou de outro órgão interno, que externava de forma violenta. Debilitado pela enfermidade de longa duração, seu corpo mostrava-se tão fraco que dava a impressão de que se dissolveria durante os espasmos e contorções.

Anatólio-espírito, por sua vez, preso nas lembranças da existência que findava naquele momento, revolvia-se em meio a gritos e gemidos, que foram algo atenuados pelos passes que o elevado mentor lhe ministrava.

Os amigos da caravana, com a mente voltada para o Alto, em prece ao Pai onipotente, rogavam recursos para a alma que regressava à pátria espiritual.

De minha parte, era a primeira vez que presenciava, como espírito, o desencarne de alguém — isto é, após o meu próprio. Atenta a tudo que se passava, procurava anotar os pormenores, de modo a não perder nenhum lance. Anatólio, para mim, tornara-se verdadeiro filho, que eu acompanhava com visível interesse. Rogava ao Pai Eterno que enviasse recursos para aquele ser, quando do alto desceram suaves raios luminosos de cores prata e dourado. As luzes incidiam diretamente sobre Anatólio, causando-lhe bem-estar e tranquilidade, o que, de certa maneira, aliviava-nos a alma.

O jovem rapaz demoraria ainda toda a noite em seu doloroso processo de desencarne. Somente às 5 horas da manhã é que finalmente conseguiu desligar-se por completo do corpo físico. Foi recebido por nossa equipe com hinos e cânticos, que o envolveram em vibrações dulcíssimas de elevado teor vibratório. Graças ao Pai celeste, o emissário do Alto deu por encerrado o processo de desenlace. Lágrimas de contentamento desciam de nossos olhos. Demos as mãos em oração, agradecidos a Deus por sua misericórdia, que se manifestava de forma tão visível diante de nossos olhos. Recolhido por Matilde, tive a honra de levar Anatólio para o

Hospital do Silêncio, onde foi admitido.

Ao final de tão gratificante atividade, dirigimos-nos todos a um sítio próximo e ali permanecemos em prece, de modo a nos reabastecermos junto às fontes da natureza. Depois de alguns momentos, dispersamo-nos a fim de meditar a sós a respeito daquela experiência marcante, que guardava profundas lições a serem apreendidas.

CAPÍTULO 10

HOSPITAL *do* SILÊNCIO

A INSTITUIÇÃO QUE recebeu Anatólio está estruturada na matéria sutil do plano extrafísico, e seu programa de ação segue as orientações superiores, tendo como base os preceitos evangélicos do Cristo. O Hospital do Silêncio atua deste lado como importante clínica espiritual para onde são encaminhados espíritos recém-desencarnados que vêm da crosta terrena. Lá, recebem os cuidados necessários à sua reabilitação, conforme cada caso assim o exija. Tão logo se sintam em melhores condições, são encaminhados a seu destino, sejam colônias de atividades superiores ou novamente a Terra, nos vários processos reencarnatórios[26]. A nobre instituição espiritual também desempenha o papel de

[26] Conforme a afirmativa contida neste trecho, há espíritos que são encaminhados do hospital diretamente a nova reencarnação. Isso implica dizer que reencarnações com curto intervalo de tempo na erraticidade talvez sejam mais frequentes do que usualmente se admite — conclusão que representa um tabu no meio espírita. A menos que os internos permanecessem na instituição por longos períodos, o que o texto não dá a entender. Especulamos se o senso comum dos adeptos acerca do que constitui justa duração da *erraticidade* — a fase compreendida entre as reencarnações sucessivas — não está ligado mais

pronto-socorro para internação e tratamento daquelas entidades resgatadas das furnas umbralinas, que são portadoras de desequilíbrios os mais diversos, às quais oferece valoroso recurso terapêutico de auxílio e assistência médico-espiritual.

O venerando hospital apresenta-se à nossa visão como um edifício de linhas arquitetônicas modernas, estruturado em formato retangular e de proporção considerável, dividido em andares, exatamente como os prédios da Terra. A seu redor, exuberante vegetação o envolve no perfume constante das roseiras, que balsamizam o ambiente com seu aroma agradabilíssimo. As amplas enfermarias são assistidas por competente corpo de espíritos

a conceitos terrenos, como distribuição igualitária de renda e dos demais recursos sociais, do que à noção de justiça divina, que tudo vê e tudo considera para emitir suas sentenças, que são sempre absolutamente individualizadas e contemplam *todas* as variantes, caso a caso. Seja como for, Kardec indaga os espíritos sobre o tema, que respondem sem atribuir peso estatístico a qualquer das alternativas: "Quanto podem durar esses intervalos [reencarnatórios]? *Desde algumas horas até alguns milhares de séculos*" (KARDEC, Allan. *O livro dos espíritos*. *Op. cit*. Item 224a).

que, na Terra, encontraram na enfermagem e na medicina o seu apostolado de amor e serviço ao bem comum. Segundo pudemos observar Matilde e eu, o hospital do espaço conta ainda com excelentes equipes de engenharia genética, bem como de instrutores abalizados nos trâmites do renascimento, que o habilitam a funcionar como um grande núcleo dos planos superiores na orientação de espíritos para as lutas na Terra, através da reencarnação.

As enfermarias se estendem, com seus leitos, a perder de vista. Somente na ala que visitamos havia mais de 2,5 mil leitos, ocupados por uma comunidade de espíritos com quadros e diagnósticos os mais diversificados.

Andando pelo pavilhão, notamos a presença de entidades que mais pareciam mumificadas. A maioria entre elas — olhos abertos, vitrificados — aparentemente permanecia alheia a tudo em volta, imóvel, em estado cataléptico.

— Estas são pessoas que, na Terra, passaram a vida na mais absoluta ignorância das verdades espirituais — falou-nos um instrutor. — Teimando em não despertar para as realidades eternas, fecharam-se no casulo do egocentrismo e do orgulho, trazendo cada uma, em sua intimidade, as imagens vivas dos desequilíbrios a que deram vazão em suas existências. Na vida extrafísica, colhem simplesmente o resultado de suas criações inferiores, reféns que são de seus próprios clichês mentais; prisioneiras de seus piores pesadelos.

Verificamos as expressões doentias que cada espírito estampava na face. Em muitos deles, o aspecto desesperador era tamanho que nos compungia o espírito, trazendo-nos lágrimas aos olhos.

Conhecemos outras enfermarias. Numa delas, noutro pavilhão, havia mais de mil espíritos que desencarnaram em virtude das complicações acarretadas pela aids. Alguns, que já aparentavam sensível melhora na constituição perispiritual, auxiliavam aqueles que ainda se mantinham no leito, padecendo os desajustes causados pela ação do ultravírus[27] sobre a sensível estrutura perispiritual.

[27] Vale comentar que espíritos de médicos e pesquisadores ligados à área da saúde têm afirmado que, em breve, a ciência concluirá que HIV e aids não estão necessariamente associados. Na verdade, os casos já demonstram isso, pois nem todo soropositivo evolui para o quadro de portador da síndrome. A tese dos espíritos vai mais longe, porém: chega a defender que o vírus nem mesmo é causa da aids.

Muitos reclamavam tratamento intensivo e delicadas cirurgias com vistas à recuperação.

— Nossos irmãos que desencarnaram vítimas da aids são auxiliados de acordo com o comportamento de maior ou menor risco que porventura adotaram na Terra.

— Como assim? — perguntei ao instrutor.

— Vou tentar explicar melhor. Há os que, ao longo da vida, tiveram determinados comportamentos de risco, como no caso daqueles que faziam uso de drogas; estes certamente receberão

Polêmicas à parte, tanto no caso de Anatólio como neste ponto da narrativa a autora atribui direta e reiteradamente ao vírus HIV a ação daninha que se verifica na saúde dos personagens doentes. Há pelo menos duas explicações para o fato. Por um lado, essa era a idéia prevalente, no plano físico, à época da psicografia, que se deu no ano de 1998 — afinal, o médium exerce influência na comunicação, que a rigor é *medianímica*, e não *mediúnica*, como esclarece a ciência espírita. De outro lado, a falta de especialização da dupla Everilda/Matilde nesse assunto pode lhes ter levado a eximir-se da discussão, como escolha consciente ou não, simplesmente reproduzindo o conhecimento popular e, acima de tudo, optando por privilegiar o tema da narrativa, que, com efeito, não comporta esse debate.

tratamento distinto de outro que contraiu o vírus HIV através do sexo. Este, por sua vez, é auxiliado de maneira diferente daquela como se trata o portador de hemofilia e os demais que se contaminaram através da transfusão de sangue. Cada qual é assistido conforme as particularidades[28] de seu caso, e o processo a que se submete é, ao mesmo tempo, terapêutico e reeducativo.

Após certificar-se de que compreendemos, o instrutor indicou:

— Examine este aparelho, que deve ser ligado sobre a cabeça do espírito enfermo.

Observei algo semelhante a um capacete, do qual partiam três fios, nas cores azul, verde e violeta.

[28] Extenso e proveitoso debate se deu sobre esse trecho na equipe editorial. É que a breve descrição do método de tratamento deixa de considerar determinadas nuances. Uma delas é que certamente, entre os que compõem *cada categoria* mencionada pelo instrutor, há pessoas de hábitos diferentes e que contraíram o vírus das mais variadas formas. Não se pode, portanto, generalizar, simplesmente colocando sexólatras de um lado, hemofílicos de outro. Entretanto, quando os espíritos asseguram que não discriminam, que tratam todos da mesma forma, isso não diz respeito à terapêutica utilizada nos hospitais.

Conectavam-no a uma espécie de tela fixa à parede.

— Ao ser colocado sobre a cabeça de determinado espírito, este instrumento envia-lhe projeções mentais, enquanto o paciente tem a sensação de ser transportado para dentro das imagens. Trata-se de algo semelhante aos hologramas ou aos testes de realismo virtual que pesquisadores promovem na Terra. Aqui, no entanto, sob a supervisão de eminentes companheiros da vida superior, tais recursos, muito mais aperfeiçoados, são utilizados como ferramenta reeducativa, contando com o apoio de psicólogos e terapeutas da vida espiritual.

Extasiadas ante as possibilidades desenvolvidas pelos técnicos da equipe médico-espiritual, apreciamos aquilo tudo cientes de que víamos apenas

Isso porque, para que um tratamento seja eficiente, é preciso discriminar sim, no bom sentido da palavra. Já que o comportamento e o estado íntimo têm relação direta com o estado de saúde ou doença, a conduta terapêutica *precisa* estar de acordo com o que o indivíduo *é*. Sob esse ângulo, parece estar correto o que o instrutor diz: cada qual é atendido conforme as peculiaridades de seu caso — não porque haja preconceito e estigmatização, mas porque um processo terapêutico só tem como ser eficiente se for individualizado.

pequena amostra do recurso de que dispunha esta instituição hospitalar do astral, em seu trabalho de auxílio aos irmãos dos dois planos da vida.

Prosseguindo nossa excursão pela instituição admirável, Matilde e eu, sempre guiadas por aquele que nos apresentava as dependências, fomos levadas ao grande auditório onde eram proferidas as palestras para os internos. Era dotado de moderníssimos recursos audiovisuais, que facilitavam muito a recepção das mensagens pelos enfermos espirituais.

Verificamos a existência de toda uma ala, conforme nos mostrou o instrutor, dedicada ao atendimento de espíritos encarnados parcialmente livres através do desdobramento. Conduzidos até ali por seus mentores, submetiam-se a tratamentos diversos ou mesmo a intervenções cirúrgicas específicas, se o caso assim o determinasse. Conta o Hospital do Silêncio com vasto laboratório, onde são processadas as substâncias medicamentosas extraídas dos inúmeros elementos curativos que a natureza oferece. Além de atender ao consumo interno, os preparados ali obtidos abastecem, inclusive, muitos agrupamentos da Crosta onde se realizam atividades de tratamento espiritual, para os quais são encaminhados por equipe própria.

Acima de tudo, o que mais nos chamou a atenção em todo o complexo hospitalar extrafísico foram os dois andares dedicados exclusivamente ao preparo e ao treinamento dos espíritos que, na Terra, desempenham alguma atividade de socorro emergencial, bem como ao estudo de disciplinas mais específicas da área da saúde, desde química e biologia até psicologia, passando por todas as especialidades médicas. Todas essas matérias tinham ali seu laboratório experimental, onde almas semilibertas através do sono físico ou mesmo do desdobramento induzido — consciente ou não — eram levadas a fim de se especializar, de se aprofundar nos estudos. Em sua maior parte, ali compareciam durante o período em que repousavam seus corpos, à noite.

Tomamos conhecimento, por meio de uma enfermeira que trabalha no hospital, da existência de uma colônia em plano vibratório mais alto, à qual está vinculado o Hospital do Silêncio. Disse-nos a irmã que os espíritos que lá estão estabelecidos empreendem estudos sobre o equilíbrio da tríade espírito-mente-corpo, enviando para o planeta ideias e inspirações oriundas de suas pesquisas. Entre outros métodos, a elevada colônia utiliza os diversos hospitais situados no ambiente astral da Terra, bem como os muitos postos de socorro, com o intuito de disseminar tais pensamentos. O objetivo é conscientizar os responsáveis e estudiosos dos assuntos relacionados à saúde do ser humano, cada vez mais, acerca da importância que tem o conjunto corpo, mente e espírito para o equilíbrio da vida universal. Ainda segundo a trabalhadora, poder-se-ia falar numa *medocolônia*[29], merecedora das mais nobres e sacrossantas inspirações por parte dos assessores do meigo Jesus, o médico divino de todos nós.

Como pudemos atestar, esse hospital do espaço funciona como uma casa modelo, onde diversos departamentos, ligados entre si pelos laços do amor e do trabalho nobilitante, assistem irmãos encarnados e desencarnados que necessitam de amparo e assistência. A esse nobre instituto da vida, Matilde e eu tributamos nossa gratidão e nosso reconhecimento, ao término da excursão.

[29] Neologismo usado pelos espíritos para se referir a uma colônia espiritual onde médicos desencarnados estudam e trabalham. Formado a partir do elemento de composição *med-*, de origem latina, que significa *dispensar cuidados a, tratar, medicar*, de acordo com o *Dicionário Houaiss da Língua Portuguesa* (São Paulo, SP: Objetiva, 2001). Pronuncia-se o "e" aberto.

As descrições e impressões que trazemos do labor desenvolvido neste hospital-educandário têm o propósito de esclarecer quanto são caras para o Mundo Maior as questões relativas à saúde e ao reequilíbrio do nosso ser. Estagiei pessoalmente ali por ocasião de meu desenlace, guardando vagas lembranças do período em que fui acolhida por nobres amigos. Voltar ao local, agora na condição de aprendiz da vida, foi sem dúvida uma experiência marcante. Embora me faltem elementos culturais e espirituais para cumprir com maestria o propósito de dar a conhecer o complexo e belo trabalho que levam adiante, fica aqui este registro com palavras simples, uma vez que não detenho maiores possibilidades, mas tudo foi narrado com grande respeito. Meu carinho e eterno reconhecimento a tão veneranda instituição pelas possibilidades de reajuste concedidas a todos que precisam — ou irão precisar — do carinho dos seus trabalhadores espirituais.

CAPÍTULO 11

OBSERVAÇÕES *na* CROSTA

Fomos chamadas a observar. Apenas observar o comportamento da multidão. Ernestina, Antônia, Matilde e eu saímos por volta das 16 horas em direção a uma das avenidas centrais da cidade. Antes, porém, preparamo-nos através da prece proferida por Antônia, que, com grande emoção, pediu para todos nós as bênçãos do amor do Pai.

Alfredo, ao se aproximar, deu a cada uma de nós um pequeno artefato, que trouxera na caravana de Aurora. Segundo esclareceu, sua função era produzir poderoso campo de força, que envolveria o pequeno grupo enquanto estivéssemos em atividade externa, em campo aberto, no meio da multidão.

— Lá fora deparamos com toda espécie de vibrações — falou-nos Alfredo. — Desde as mais amenas àquelas de natureza mais violenta, emitidas tanto por desencarnados como por encarnados. Quando nos vemos em meio a esse mar de vibrações desencontradas, em franco desequilíbrio, é preciso cuidado especial para manter o íntimo em harmonia, visando à própria segurança. No presente caso, como vocês farão observações para estudo posterior, trouxemos este aparelho, que sem dúvida facilitará o serviço. Uma vez colocado em volta do pulso, à semelhança de como se usa um relógio, o equipamento será automaticamente acionado e começará a emitir uma radiação em torno do grupo. Dessa maneira, qualquer criação mental ou vibração de baixo teor energético ou baixa frequência será repelida imediatamente, deixando-as mais livres para proceder às anotações necessárias à sua pesquisa.

Terminada a explicação, recebemos o pequeno objeto, que mais me parecia um bracelete que emitia certa luminosidade de reflexos prateados.

Nossa caravana agora estava preparada para os contratempos que provavelmente enfrentaríamos. Os técnicos de Aurora parecem ter pensado em tudo, equipando-nos, durante a jornada, com todas as ferramentas ao alcance, facilitando-nos o trabalho na Crosta.

Ernestina, surpreendendo-me o pensamento, disse-me:

— Minha cara Everilda, quando alguma caravana de estudo ou auxílio parte em direção a seu objetivo, é natural que as autoridades de Aurora tomem as devidas providências, a fim de promover o êxito da missão. Bem sabemos que as regiões inferiores, na realidade, começam dentro de cada um de nós e que a paisagem triste ou violenta que se encontra muitas vezes enodoando a superfície terrestre, seja no mundo físico ou no astral, é, na realidade, a extensão da nossa própria intimidade. Na Crosta, como no mundo astral, pululam milhões de criaturas desapercebidas da realidade da vida mais espiritualizada, pois se encontram descomprometidas com sua própria existência. Sendo assim, é natural que nos acautelemos contra os ataques vibracionais que porventura possamos receber ou mesmo contra os entrechoques energéticos dos quais possamos nos ressentir.

"É por isso que os irmãos em Aurora produzem, a partir da tecnologia estruturada na matéria sutil do nosso plano, dispositivos cuja finalidade é amenizar a interferência entre as duas correntes de vibração, a superior e a inferior. Isso nos poupa a obrigação de fazer isso mentalmente, o que exigiria atenção ininterrupta e tornaria a excursão bem mais desgastante, assim possibilitando que concentremos maior cota de energia no verdadeiro objetivo. Como se vê, são bem-vindos todos os recursos que se possam criar com o intuito de favorecer não só a nossa, mas quaisquer outras tarefas que visem ao bem, de companheiros espalhados pelas diferentes partes do globo."

Compreendendo o exposto, colocamo-nos a

caminho, *deslizando* na atmosfera enquanto nos foi possível. À medida que nos aproximávamos da região central da cidade, passamos a escutar um burburinho, que aumentava progressivamente, até o ponto em que se tornou difícil a volitação[30] tal como a vínhamos utilizando. Resolvemos, então, locomover-nos da forma habitual aos encarnados — isto é, andando —, embora não fosse de todo impossível volitar. Utilizamos essa faculdade apenas quando se fez necessário subir em algum prédio para observar melhor os transeuntes.

— Vejam lá embaixo — falou-nos Ernestina. — Notem bem como se interpenetram os habitantes dos dois planos.

Fitando a massa, observávamos os encarnados,

[30] *Volitação* é o termo espírita para o fenômeno que a autora linhas antes denominou de *deslizar*. É preciso justificar o neologismo, ao menos no registro como substantivo, uma vez que a forma verbal *volitar* é dicionarizada, embora seu significado não seja exatamente o mesmo do verbo utilizado pelos espíritas. Segundo os dicionários Houaiss e Aurélio, *volitar* é o mesmo que *esvoaçar*. Ora, *volitação* define um modo de locomoção dos espíritos; até se relaciona com o ato de *esvoaçar* (por extensão de sentido: *agitar-se ao vento*), mas definitivamente não se

apressados, locomovendo-se de um lado para outro, no vaivém das atividades de uma grande cidade. Alguns iam para o trabalho, outros para casa e outros ainda se dirigiam a alguma atividade de lazer ou a um compromisso qualquer, além daqueles que perambulavam sem objetivo definido. Interessante é que, do nosso lado, verdadeira multidão de espíritos se misturava aos habitantes de carne e osso, formando um turbilhão de seres, de almas que conviviam ou se debatiam num mesmo ambiente, muitos dos quais sem suspeitar da existência da população extrafísica, cujo número excedia largamente o de encarnados.

Enquanto os veículos se cruzavam, com seus condutores e passageiros, víamos sobre muitos deles — não todos — bandos de espíritos a montar

confunde com ele. Há quem aponte semelhanças com os atos de levitar, flutuar ou planar, as quais de fato existem, porém são distantes ou incompletas. Como se vê, nenhum desses termos é exato, e adotá-los como sinônimos de *levitar* ainda traria o inconveniente de estarem associados a outros eventos da natureza. A grande vantagem de *volitação* é ser um vocábulo próprio e específico, cujo emprego designa exclusivamente o misto de voo, caminhada e levitação, que constitui o *deslizar* tão característico de espíritos dotados de certo grau de esclarecimento.

carros, ônibus e motocicletas. Uns por cima, outros pendurados em portas e janelas, punham-se a falar, gesticular, cantarolar ou até mesmo esbravejar desaforos e obscenidades. Destacavam-se dos demais aqueles automóveis que eram envolvidos por um halo de luz semelhante a um gás fluorescente. Nesses não se percebia a influência exercida por espíritos levianos ou galhofeiros. Certamente, a postura minimamente madura e equilibrada das pessoas ali presentes produzia em torno desses veículos, fossem de passeio ou de transporte de cargas e passageiros, uma barreira magnética que os protegia contra ações nefastas ou menos dignas.

Descemos do pequeno prédio de cinco andares onde nos encontrávamos e partimos em direção às ruas, as quatro sempre envolvidas no campo de energia gerado pelos pequenos aparelhos que trazíamos no pulso. Entrementes, conseguimos nos acostumar ao burburinho das duas populações, selecionando apenas aquilo que nos interessava ouvir; ficamos alheias ao alvoroço propriamente dito.

De início, observamos o comportamento de alguns encarnados e sua reação diante da atuação dos espíritos. Agitadas pelo corre-corre constante, seja em nome do trabalho ou de outro compromisso, inclusive a diversão, surpreendemos algumas pessoas que transitavam no calçadão com os pensamentos completamente desalinhados, como se sua mente estivesse em estado febril. Encontravam-se inteiramente desprotegidas e, conservando o pensamento desgovernado, ficavam à mercê das influências de baixo teor vibracional.

— Observemos como os nossos irmãos são influenciados — indicou Matilde. — Em sua grande maioria, estão absolutamente despreocupados dos problemas relativos à espiritualização do ser. Assim sendo, são abordados por entidades descomprometidas com o bem e com valores éticos e morais, as quais se imiscuem em seus pensamentos e projetam imagens mentais logo absorvidas pelo campo mental daqueles que estão em sintonia com suas idéias.

Examinando mais atentamente, vimos espíritos que se apegavam a certos encarnados de forma bastante intensa. Entre eles havia uma série de fios ou filamentos similares a teias de aranha, tão finos se apresentavam à visão espiritual.

— Também é interessante notar — comentou Ernestina — que a população de desencarnados parece justapor-se à dos habitantes encarnados.

Com efeito, percebi o que ocorria com um

homem que, andando, encontrasse a sua frente um desencarnado: o encarnado literalmente atravessava o desencarnado! E este não ocasionava àquele nenhum incômodo ou obstáculo. Além disso, a maior parte dos espíritos, não todos, ao passar onde havia algum objeto material, atravessavam-no como se nada houvesse.

— O que você observa é a diferença de vibrações — continuou Ernestina. — Ou, como preferem dizer alguns de nossos irmãos na Terra, são duas dimensões diferentes que convivem no mesmo espaço. Nem todos os espíritos, no entanto, conse-

guem atravessar obstáculos materiais. Em grande número de vezes, encontram-se com a mente tão fixa em elementos do mundo físico que seu corpo espiritual se conserva adensado em sua estrutura íntima, isto é, em baixíssima frequência vibratória, o que lhes dificulta e chega mesmo a impedir-lhes o transpasse da matéria física.

Continuamos andando e fazendo diversos apontamentos, até que deparamos com um grande contingente de espíritos se esforçando para ingressar em determinado local, ao lado de encarnados que se dispunham em fila e que pareciam aguardar autorização para entrar. Era um cinema onde se exibiam filmes que tratavam da temática sexual de forma menos digna.

Da porta principal do cinema corria uma espécie de lama verde-escura, similar, em sua constituição, a uma forma de grude um tanto asqueroso. Justamente nessa substância, que emanava um odor fétido e nos provocava repulsa, as entidades que ali se entretinham refestelavam-se, e de tal maneira que nos parecia que todo o seu perispírito era coberto pelo resíduo. Espíritos apresentavam-se com corpos seminus; alguns exibiam seus órgãos sexuais e impregnavam os encarnados presentes com toda sorte de sugestão mental que lhes fizesse ampliar a sede de satisfação dos instintos mais inferiores.

Novamente, foi Matilde quem falou:

— Que podemos dizer de tal cena? Como avaliar sem nos comprometer? Tais irmãos são dignos da piedade fraternal. Bem sabemos que, em matéria de sexo, não podemos ajuizar com completa isenção de nós mesmos, uma vez que nos guardamos apegados a graves compromissos, originários de um passado marcado por desvios que requerem reparação de nossa parte.

"Quanto à substância viscosa e repugnante que escorre pelo chão, nada mais é do que a condensação das energias viciadas de quantos vêm aqui em busca da excitação dos sentidos, através dos estímulos visuais da película cinematográfica. As forças genésicas, expostas à superexcitação da mente desequilibrada, são desviadas de sua sagrada destinação. Espíritos que vibram na mesma faixa de sintonia, cujo teor magnético é muitíssimo baixo, aviltam os reservatórios vitais do ser humano, que deveriam servir a seu enaltecimento. Produz-se então essa estranha gosma, como fruto da mentalização persistente das imagens projetadas na tela por habitantes de ambos os lados da vida.

"Vale destacar que aqueles que vêm a ambientes como este, a fim de assistir a tais cenas e sons de natureza sexual explícita, tornam suas auras impregnadas de clichês mentais, imagens vivas do desequilíbrio e da desarmonia. Esse comportamento causa sérios prejuízos à delicada organização psíquica e gera pesados compromissos, que, com certeza, adiarão a marcha evolutiva natural, que cada qual deve seguir."

Calamo-nos ante a argumentação desse espírito que me acompanhou ao longo da excursão, e segui adiante, pensativa. Graves são as responsabilidades que numerosos companheiros encarnados assumem ao dar vazão a todo impulso na área do sexo, irrefletidamente, usando como justificativa para esse comportamento tão-somente estar gozando a vida, como muitos insistem em acreditar.

— Entenderíamos as atitudes e os pensamentos desgovernados caso partissem de criaturas sem conhecimento espiritual — acrescentou Ernestina. — Acontece que, nos dias de hoje, num país como o Brasil, encontramos raríssimas pessoas sem um mínimo de conhecimento cristão. Torna-se ainda mais preocupante a questão quando vemos que grande parte daqueles que pretendem ser apologistas da verdade ou apóstolos da Boa-Nova procuram por si mesmos a oportunidade de se desviarem do caminho reto, embrenhando-se pelos desfiladeiros do desequilíbrio, numa tentativa inútil de ludibriar as leis da vida[31], de que são conhecedores.

[31] Não é exagero dizer que o tom da personagem é acusatório e, até mesmo, moralista. Ao ser questionado a respeito da impressão provocada pelas generalizações de Ernestina, acerca da "tentativa inútil de ludibriar as leis da vida", o médium confirmou que tais palavras são fiéis ao pensamento apresentado em inúmeras ocasiões por esse espírito. Sendo assim, optamos por manter o discurso inalterado, respeitando o direito de que

Repetem a máxima já consagrada na esfera física: "A carne é fraca". Na realidade, porém, devem reconhecer que são eles mesmos que se entregam a caminhos tortuosos, por se manterem ainda imantados a um passado culposo e por se satisfazerem no desequilíbrio.

Matilde retornou, completando:

defenda aquilo em que acredita. O médium atribui tal comportamento à forte perspectiva religiosa cultivada por ela. Contudo, isso não implica consenso da parte dos que compõem a Casa dos Espíritos, tampouco entre as próprias consciências

imortais. A disparidade se verifica mesmo entre os protagonistas desta obra. Basta notar que Matilde demonstra certa cautela ao ecoar o clichê que enxerga sexo quase somente como culpa e desequilíbrio, numa típica atitude judaico-cristã.

Como contraponto, é útil citar o depoimento de Joana Gomides, que afirma, no romance *Encontro com a vida*: "Eu o procurava [a Deus]. Mas não o encontrando a minha volta, mais e mais eu errava, por ruas, caminhos e atalhos. (...) Todo erro, toda fuga é também uma procura" (PINHEIRO, Robson. Pelo espírito Ângelo Inácio. Contagem, MG: Casa dos Espíritos, 2ª ed. rev., 2006). No mínimo, é preciso convir que existem as duas situações, razão pela qual consideramos temerosa qualquer generalização.

— Na atualidade, acentua-se o perigo com o mau uso do desenvolvimento tecnológico, que trouxe a televisão e o vídeo[32]. O surgimento de tais avanços tem por objetivo fomentar atividades educativas, preparando o espírito para a renovação geral da humanidade. Tristemente, muitos encarnados levam para dentro do próprio lar recursos audiovisuais de conteúdo reprovável, armazenados nos mais variados suportes, de modo que evitam flagrantes nos ambientes públicos em que filmes de natureza sexual explícita são exibidos. Assim, escapam à má interpretação e ao julgamento de quem eventualmente os veja ingressando em tais lugares. Com esse comportamento, entretanto, levam para a intimidade doméstica as imagens desequilibradas que traduzem seus gostos e tendências, criando clichês e sensações doentias que marcarão por largo intervalo de tempo a atmosfera psíquica do santuário familiar. Como se não bastasse, seu gesto abre as portas para a penetração de companhias espirituais infelizes e, consequentemente, para as influências obsessivas nefandas.

[32] E, mais recentemente, diversas mídias, inclusive toda a versatilidade da internet.

"Seja como for, a divina lei, no momento ideal, requererá de cada um o devido reajuste perante os estatutos eternos. Queira o bom Deus que estes irmãos, conscientes de suas responsabilidades, possam encontrar no solo abençoado deste planeta o campo de suas lutas redentoras. Caso contrário, serão degredados para mundos em condições mais difíceis, nas provas e expiações que os séculos e milênios aguardam. Lágrimas e prantos certamente caracterizarão, mais tarde, as futuras reencarnações nesses orbes de dor e de luta que a justiça do nosso Pai reserva para aqueles que reiteradamente contraem pesados débitos ante as leis soberanas."

Silenciamos novamente. Seguimos rumo à praça principal, reflexivas em relação às implicações espirituais de nossas atitudes e pensamentos, bem como quanto à nossa responsabilidade, considerando o que conhecemos dos ensinamentos superiores.

Grande quantidade de pessoas reunia-se em frente a um palanque, onde cinco homens discursavam, exaltados, abordando a conjuntura política. Bandeiras e cartazes eram exibidos ao som distorcido de músicas populares, que os organizadores do manifesto providenciaram a fim de comover o povo e o indispor contra o governo, que, segundo pudemos ouvir, não cumprira com o esperado. Militares uniformizados e armados colocaram-se a postos para garantir a ordem, mas o clima era evidentemente tenso. Verdadeiros impropérios eram vomitados ao microfone quando se pronunciavam os nomes de governantes e dirigentes da nação.

Não foi preciso nos aproximar para ver a situação real, do lado de cá. Uma legião de espíritos que se comprazia com a desordem e indisciplina misturava-se à turba, ampliando ao máximo sua influência sobre os manifestantes. Inebriadas pela excitação mental a que eram induzidas pelos dirigentes do protesto público, as pessoas tornavam-se alvo fácil da atuação inferior de tais entidades, que não desejavam o progresso do país. Em cima do palco ou palanque, divisamos dez espíritos que se revezavam a insuflar suas idéias nos encarnados que, jubilosos, julgavam comandar o movimento. Na realidade, eram comandados por espíritos que nada queriam com a moral e o bem comum.

Nesse ínterim, uma caravana de obreiros e soldados do nosso plano envolveu o local onde a multidão se aglutinava com ampla rede elétrica, logo entrando em ação e promovendo a retirada estratégica dos espíritos desordeiros. Muitos foram presos e conduzidos pelos defensores da ordem a lugares onde seriam devidamente esclarecidos.

— Graças a Deus — disse eu. — Enquanto as forças do mal tentam manipular as pessoas com seus recursos inferiores, o próprio bem dispõe de tarefeiros que se organizam para a manutenção da disciplina e da harmonia entre encarnados e desencarnados.

Antônia me olhou e sorriu, por haver constatado o mesmo. Agradecidas a Deus por sua bondade, lembramo-nos de uma questão registrada em *O livro dos espíritos*, com relação à qual ouvíramos comentários em Aurora:

"Influem os espíritos em nossos pensamentos e em nossos atos?

"*Muito mais do que imaginais. Influem a tal ponto, que, de ordinário, são eles que vos dirigem*"[33].

Fiquei pensando como os homens ignoram tal realidade...

Continuamos caminhando por algum tempo entre a multidão, observando a constante interação entre encarnados e desencarnados, as influências

[33] KARDEC, Allan. *O livro dos espíritos*. *Op. cit.*, item 459.

recíprocas, a troca de experiências. O mundo nos parecia diferente, agora. Quantas vezes, quando na Terra, andando pelas ruas da cidade onde morava, senti a agitação da outra população, a dos espíritos. No entanto, conseguia ver apenas aqueles que mais de perto me orientavam, sem, contudo, fazer idéia exata da quantidade de inteligências que participam tão ativamente da vida, relacionando-se com os homens.

Ainda agora, como espírito, desencarnada, assombra-me a visão de tal magnitude. Uma população invisível aos olhos dos humanos perambula no mundo físico, no meio deles, sem que, em sua maioria esmagadora, se conscientizem de que estão sendo induzidos ou influenciados.

E como há espíritos abnegados, que servem anônimos sob a divina orientação! Os hospitais terrestres que visitamos estão repletos de servidores do nosso plano: enfermeiros, médicos e outros mais. Foram auxiliares de saúde no plano físico, que agora trabalham lado a lado com os profissionais da mesma área, orientando, auxiliando e instruindo nos diversos processos sob sua responsabilidade.

Nas repartições públicas, igualmente, pudemos observar aqueles espíritos que têm afinidade com esse tipo de função, alguns inspirando as melhores intuições, outros, desviados temporariamente dos caminhos do bem, tentando dificultar as tarefas realizadas pelos encarnados, a fim de obstruir o progresso ou motivados apenas por um capricho individual, talvez algum desafeto que ali estivesse.

Visitamos creches, asilos, hospitais e escolas. Em todos os lugares, a mesma movimentação, variando apenas a qualidade moral daqueles que, de um e outro lado da vida, estagiavam em tais lugares.

O mundo é o grande palco onde os espíritos, vestidos na roupagem rude da carne, desem-

penham o papel que lhes cabe no grande teatro da vida. As dimensões astral e espiritual funcionam como camarins em que os atores do grande drama que se desenrola na eternidade se preparam para mais uma atuação, em nova existência física. Rotundas e tecidos que separam bastidores do palco onde se desenvolve novo ato correspondem às divisas de vibração que mantêm apartados os dois planos da vida. Os diretores e produtores da trama são os sublimes emissários do Senhor, que patrocinam a apresentação na vida física.

Nesse enredo evolutivo atuamos nós — ora encarnados, ora desencarnados, mas sempre vivos —, rindo, chorando, felizes ou temporariamente infelizes, satisfeitos ou insatisfeitos, às vezes ricos, em outro momento pobres, com saúde física ou portadores de alguma limitação ou enfermidade, porém sempre em constante atividade. No palco eterno do teatro da vida, nossa própria consciência faz o papel de juiz das realizações que empreendemos; as palmas de incentivo ou as vaias que denotam fracasso partem de nós, do eu interior. A escalada na hierarquia dos valores espirituais depende unicamente do espírito.

APÓS TANTAS observações, das quais extraímos algumas para apreciação, resolvemos retornar ao abençoado refúgio que abrigava a caravana, retomando a volitação e fazendo-nos acompanhar de suave hino, que nos remetia às belezas de Aurora e à satisfação no serviço do bem.

De lá, a caravana prosseguiu rumo à luz das estrelas. A certa altura, notamos, à margem da estrada luminosa — esparsas, porém cada vez mais numerosas —, ramagens de flores, que começavam a embelezar nosso trajeto. Aproximávamo-nos das regiões superiores. Aqui e ali já se avistava certa vegetação, mesmo em meio às brumas que envolviam o ambiente ao derredor. Assemelhava-se nosso comboio a um cometa que rasgava as sombras e as regiões densas da noite, deixando atrás de si um rastro fosforescente, como que mostrando ao viajante o caminho para o Alto.

Logo avistamos as imponentes torres, que se erguiam gigantescas em meio ao nevoeiro cada vez menos denso. O ânimo dos espíritos que conosco eram transportados para Aurora, resgatados de situações difíceis, melhorava mais e mais. Seu semblante demonstrava sentirem-se serenos e protegidos à medida que nos aproximávamos das construções que tinham função de vigilância.

Ao todo, havia 12 torres próximas a Aurora, com espíritos que, em regime de revezamento, zelavam pela segurança da região. Entre outras atividades, coletavam informações preciosas, como uma espécie de agência de imigração, que muito auxiliavam ao combater as periódicas investidas das trevas. E não era somente Aurora que se beneficiava com tais informações, mas todas as regiões circunvizinhas, que ficavam, por assim dizer, sob jurisdição ou orientação da metrópole. Dotadas de aparelhagem eficientíssima de comunicação e defesa, altamente avançada, as torres causariam assombro aos cientistas do mundo caso vissem a tecnologia desenvolvida para proteção, vigilância e identificação de quem quer que se aproximasse.

Os espíritos que ali serviam são por nós conhecidos como os *vigilantes de vibração*. A função importantíssima que desempenham consiste em identificar as emanações emitidas por qualquer um que se aproxime das fronteiras de Aurora. Baseando-se nessa percepção, direcionam aqueles trazidos pelas caravanas ao ambiente adequado ao estágio de cada um. São entidades que, apesar da simplicidade de que se revestem, guardam estreita ligação com a administração central de nossa metrópole espiritual. Em outra oportunidade, gostaríamos de voltar a falar de seu trabalho.

Prosseguindo nossa viagem, passamos pela vigilância das torres e, após breve reconhecimento e identificação, penetramos o espaço espiritual orientado pelas consciências de Aurora. Era necessário atender a todas as providências que tivessem por fim evitar as investidas de espíritos ignorantes, que poderiam pôr em risco a segurança da comunidade.

A partir desse ponto, movimentávamos claramente sob nova vibração, embora a paisagem estivesse ainda envolvida por leve nevoeiro, que rareava gradualmente. À proporção que a bruma se dissipava, deixava-nos entrever imensas árvores e os campos onde ficavam as chamadas *aldeias*.

Tratava-se de um local muito tranquilo, que funciona como antessala de Aurora. Planícies se alternavam com bosques vistos ao longe, com árvores e vegetação seculares que os compunham. Ao lado dos bosques havia escolas e, em maior número, pequenas habitações que acabaram por dar nome ao local, como um todo. Eram as aldeias, onde permaneciam temporariamente espíritos que, embora participassem da vida social de Aurora, tinham necessidade de se manter num ambiente mais próximo do natural, em meio a florestas, choupanas e cabanas. Desempenhavam aí elevadas tarefas de socorro e assistência àqueles que chegavam da Terra necessitando sorver o ar balsamizante da região, visando à recuperação de seus espíritos.

Nesse local estagiam espíritos que, em sua última encarnação na Terra, foram indígenas, caboclos que habitaram os sertões e rincões brasileiros, além de antigos escravos, que agora atuam como obreiros do bem comum. Aí, nas aldeias, elaboram poderosos remédios naturais, extraídos dos reinos vegetal e mineral, os quais são magnetizados por esses irmãos, cujo trabalho se dá sob orientação superior. Após prepararem os extratos, conduzem-nos para os laboratórios da comunidade, onde são mais especificamente manipulados pelos espíritos dotados de tal saber. Assim, nas centenas de aldeias orientadas por consciências mais esclarecidas que nós, desenvolve-se intensa atividade de amparo. Prestam socorro emergencial para as caravanas que chegam, muitas vezes, com espíritos sofridos, visando ao seu refazimento e adaptação à vida espiritual.

Prosseguimos em direção a Aurora, após deixar, em uma das aldeias, alguns espíritos necessitados de amparo mais imediato. Nós os confiamos aos cuidados de uma entidade que irradiava suave luz azulada em volta de seu corpo espiritual, a qual nos atendeu com extrema solicitude. A caravana prosseguiu, já sob fluidos amenos e suaves, deixando para trás os lagos e o Mar da Serenidade, que servia como grande reservatório de energias e fluidos. Dentro de instantes, avistamos as claridades de Aurora, seus portões com trepadeiras e caramanchões com flores, suas torres cristalinas, que se elevavam delimitando ruas e construções, bem como as praças e vegetações, que, junto com os demais elementos, faziam do lugar uma jóia espiritual. Era um centro de grande atividade da vida maior, uma comunidade de trabalhadores a serviço do Mestre Jesus.

Embarga-se-me a voz, e a profusão de emoções, aliada à insignificância de meu espírito, impede-me de fazer descrições mais pormenorizadas. Fica, então, apenas pálida imagem desse diamante incrustado nos céus do Brasil, campo vasto de trabalho superior, onde fomos acolhidos pela bondade do nosso Pai. Onde temos nos dedicado à preparação de nosso coração para receber aqueles que amamos, quando empreenderem a grande viagem. É aqui em Aurora que estudamos, revendo nosso passado e despertando potências adormecidas em nosso espírito. Além disso, é Aurora a estação da qual que partimos rumo às tarefas de socorro aos irmãos da Terra.

É nos jardins de Aurora, no convívio amoroso de Ernestina, Matilde, Antônia, Aristeu e tantos outros companheiros, que relembro emoções, dores e alegrias que acompanham as memórias e experiências vividas com meus filhos queridos, ainda no corpo físico. Quantas vezes, nos ambientes balsamizantes das aldeias ou nas praças e habitações singelas de Aurora, recebi meus filhos, desdobrados pelo sono físico!... Verdadeiros encontros espirituais em que nossos sentimentos se extravasam na saudade, sem abrir mão do equilíbrio.

Também é desta comunidade que saímos em direção às tarefas da casa espírita que leva meu nome — honraria que só faz aumentar meu senso de responsabilidade diante da confiança depositada em nós pelo Alto. Integro vasta equipe de companheiros espirituais, que há muito investem naqueles que, no mundo, se dispõem a realizar tarefas nobilitantes de serviço cristão, pautando-se no auxílio e no socorro fraternais. É aqui, em Aurora, que um dia receberei em meus braços os filhos queridos pelas mãos da morte física. Trazidos para o lado de cá, reuniremo-nos novamente, segundo as condições e o merecimento de cada um, visando aos trabalhos no porvir.

Este é o lar que tão generosamente nos acolheu após desencarnar, oferecendo-nos recursos mais amplos para compreender as leis de Deus. Aqui construímos a família espiritual, o lar verdadeiro e imorredouro, que nos lembra o lar terreno.

Ao entardecer, toda a colônia espiritual interrompe as atividades por alguns momentos, em prece de gratidão ao Pai. Quando nos dirigimos ao Alto em oração, comovente e belo espetáculo de luzes se derrama sobre a comunidade de espíritos que estagiam conosco neste recanto abençoado das moradas do Pai. Profusão de pétalas verte sobre nós, apresentando flores que nunca conhecemos na Terra e que guardam a peculiaridade de se transubstanciar em luz, ao tocar a delicada constituição de nosso corpo espiritual. Indescritível sensação de paz invade-nos o espírito, proporcionando-nos profunda serenidade na alma.

Ao contemplar as possibilidades oferecidas para nossa elevação espiritual, quedamo-nos, extasiadas, pelo muito que recebemos e pela imensidade que se desdobra perante o futuro imortal.

POSFÁCIO

"Editar ou não editar?" – eis a questão

por Leonardo Möller

AO ELABORAR a 5ª edição revista de *Apocalipse*: uma interpretação espírita das profecias, no ano de 2005, diversas questões vieram à tona. Como editar o texto dos espíritos? Até que ponto corrigir e alterar uma obra publicada anteriormente?

Na preparação de *Sob a luz do luar*, as mesmas reflexões se fazem pertinentes e voltam a ocupar o centro das discussões. Vale, portanto, reproduzir o artigo que se segue.

LEMBRO-ME DE CERTA ocasião em que me encontrava na companhia de uma médium experiente, a quem muito respeito e admiro. Do alto de seus 60 e poucos anos de idade, bem mais da metade deles devotados seriamente ao espiritismo, era para mim uma referência — especialmente àquela época, em que a visitava com regularidade e estava iniciando meus estudos e atividades espíritas.

Conversa vai, conversa vem, começamos a falar sobre livros e o mercado editorial espírita, bem como sobre médiuns, psicografia e nossas considerações acerca da produção literária recente. De repente, ela revela que se dedicava sistematicamente, há pouco mais de três anos, à escrita mediúnica. Contudo, findo seu primeiro trabalho, vinha encontrando dificuldades para publicação do novo texto; para sua decepção, o primeiro estudioso do movimento espírita que avaliara sua obra dera parecer negativo e, segundo ela, afirmara que eram necessárias diversas alterações e emendas. Indignada, relatou-me ainda que o tal senhor era de uma pretensão enorme, e arrematou seu discurso com a seguinte expressão, que jamais me saiu da cabeça: "Em psicografia minha, ninguém mete a mão!".

Em outro momento, ao entrevistar certo médium igualmente experiente, peguei-me conversando uma vez mais a respeito da literatura espírita. Minha atitude durante nosso bate-papo era novamente de aprendiz: sua vida, consagrada à propagação da doutrina espírita, sempre atestou grande sabedoria ao lidar com a exposição pública que decorre, naturalmente, da publicação de textos psicografados. Que método ele adotava para promover a transformação do manuscrito em livro, dos rabiscos sobre as folhas de papel (e olha que, em matéria de psicografia, não há outra palavra: são rabiscos mesmo) em obras que preencheriam as estantes das bibliotecas e livrarias? Como isso era feito?

Hoje, refletindo acerca de sua resposta às minhas indagações, ainda reajo com estranhamento: "Sou eu mesmo quem datilografa a psicografia, para certificar-me da fidelidade aos originais (...). Depois de entregar as laudas para o revisor, alguém em quem confio e que altera estritamente erros ortográficos e gramaticais, não tomo mais contato com o texto dos espíritos. Não me envolvo com o processo editorial e volto a ver as mensagens somente quando meus exemplares são entregues pela editora".

SAGRADO E PROFANO

No exercício de minha profissão como editor, acho difícil levar a cabo a orientação de publicar exatamente o que o autor envia, salvo esta ou aquela emenda do revisor. Desconheço editoras profissionais que lancem livros desse modo, pois que a função do editor é, entre outras, criticar, sugerir, propor modificações; em suma, burilar o texto a ser impresso, juntamente com o autor.

No caso de textos vindos do mundo espiritual, não vejo por que agir de forma diferente. Entretanto, reconheço que a edição de textos psicografados não é procedimento usual em grande parte do movimento espírita brasileiro, fato que este artigo não se propõe a investigar. Quero, antes de qualquer coisa, relembrar que nem sempre foi assim; recordar uma pequena parcela da trajetória do espiritismo e algumas das práticas adotadas por Allan Kardec, o insigne Codificador.

Os exemplos citados na introdução deste artigo têm por finalidade tão-somente ilustrar a atitude quase sacramental que muitas vezes se vê em relação ao produto do trabalho mediúnico — e que não se resume, de modo algum, a esses dois casos. É como se qualquer alteração proposta tivesse por móvel a ação de espíritos obsessores, sempre dispostos a adulterar, profanar e corromper a mensagem dos Imortais. Ora, é claro que é preciso acautelar-se contra a sugestão nefasta de espíritos que possuem interesses escusos; porém, não é possível que nos deixemos dominar por esse temor a tal ponto de rejeitar, *a priori*, toda crítica e incremento à comunicação espírita.

Será que esse medo, que às vezes adquire *status* de pavor, não evidencia um possível trauma reencarnatório? É possível que nós mesmos, em épocas remotas, tenhamos deturpado o sentido de textos considerados sagrados, como alerta o próprio espírito Estêvão, nas questões que responde neste livro.

KARDEC "EDITOR"

AO CONTRÁRIO do que possa parecer, o apego à *forma* da psicografia original e a recusa em aprimorá-la, com vistas a expressar melhor a *essência* e o *conteúdo* da comunicação, constituem radicalização que pode trazer sérios prejuízos à manifestação clara e fiel do pensamento dos autores espirituais. Pelo menos, é assim que pensava o Codificador, segundo pretendo demonstrar a seguir, e conforme podemos observar estudando seu método de trabalho.

O livro dos espíritos, obra que é o marco inaugural do espiritismo na face da Terra, foi lançado na capital francesa em 18 de abril de 1857. Entretanto — e poucos são os espíritas atentos a este detalhe —, *O livro dos espíritos* que encontramos em qualquer estante de obras espíritas não é a publicação que o mundo conheceu na data citada, e não me refiro às diversas traduções disponíveis em língua portuguesa. *O livro dos espíritos* que serviu de base para tais traduções é a segunda edição, "inteiramente refundida e consideravelmente aumentada"[34], que foi publicada em 18 de março de 1860. Examinemos atenciosamente parte da nota com a qual Kardec apresenta a edição definitiva:

> "Na primeira edição deste trabalho, anunciamos uma parte suplementar [a ser publicada futuramente]. Ela devia compor-se de todas as questões que não couberam nele, ou que circunstâncias ulteriores e novos estudos fizessem nascer. Como, porém, são todas relativas a uma qualquer das partes tratadas, das quais são desdobramento, sua publicação isolada não apresentaria nenhuma seqüência. Preferimos esperar a reimpressão do livro para fundir tudo juntamente, e aproveitamos o

[34] KARDEC, Allan. *O primeiro livro dos espíritos*. São Paulo: Cia. Editora Ismael, 1957, p. XXI. Texto bilíngüe. Tradução, comentários e notas de Canuto Abreu. Trecho extraído do frontispício da segunda edição de *Le livre des esprits*, cf. exemplar da Biblioteca Nacional de Paris, cujo fac-símile encontra-se no Apêndice II da fonte consultada.

ensejo para introduzir na distribuição das matérias outra ordem muito mais metódica, ao mesmo tempo que decepamos tudo quanto importava em lição dúplice. Esta reimpressão pode, pois, ser considerada como um trabalho novo, embora os princípios não hajam sofrido nenhuma alteração, salvo pequeníssimo número de exceções, que são antes complementos e esclarecimentos que verdadeiras modificações"[35].

E é o tradutor da obra, o perspicaz Canuto Abreu, que logo em seguida reitera, com Kardec, na introdução que faz:

"É o próprio Mestre [Kardec] quem afirma, com lealdade costumeira, que a 'reimpressão pode, pois, ser considerada como trabalho novo'. A meu ver, *deve*"[36].

De fato, a primeira edição é composta por introdução, prolegômenos e 501 questões numeradas, divididas em três unidades. Na segunda, acrescida de conclusão, são 1019 itens no total, distribuídos em quatro partes, dados que denotam alterações substanciais. Nem mesmo o texto intitulado

[35] Idem, *ibidem*, p. VII-VIII. Fac-símile integral e original do "Aviso sobre esta nova edição" constante do Apêndice I da fonte citada.

[36] *Op. cit.*

Prolegômenos, considerado a ata de fundação do espiritismo, que é assinado conjuntamente pelos espíritos da Codificação, foi poupado. A versão da edição definitiva contém dois parágrafos a mais que o mesmo texto, na edição primordial.

Ao rememorar o desenvolvimento de outros textos fundamentais para a doutrina dos espíritos, verificamos que o trabalho de caráter editorial é igualmente frequente. Não obstante, há um desconhecimento generalizado desse aspecto. Por que será?

Em larga escala, a ignorância acerca dessa importante característica do trabalho do Codificador, bem como quanto às profundas modificações feitas na segunda edição de *O livro dos espíritos* em relação à primeira, pode ser imputada a nós, os próprios editores espíritas. Afinal, a edição original de 1857 não é impressa há anos e, além disso, as traduções disponíveis omitem tanto o aviso da segunda edição como a nota explicativa de Kardec (ambos os textos reproduzidos aqui, parcialmente). Como consequência, o leitor de *O livro dos espíritos* raramente se dá conta de que tem nas mãos uma edição corrigida e ampliada.

Talvez esse fato, longe de ser mera preciosidade

técnica, tenha contribuído para sustentar o comportamento que muitos editores, autores, médiuns, revisores e jornalistas espíritas têm diante dos textos, considerando-os "imexíveis", especialmente os de caráter mediúnico. E assim corremos o risco de viver um paradoxo: fazer espiritismo, esquecidos do jeito kardequiano de trabalhar.

Já na edição de 1857, podemos acompanhar o relato do trabalho de âmbito editorial. Como se sabe, Kardec não publicou pessoalmente a primeira e a segunda edições de *O livro dos espíritos*, responsabilidade que coube, respectivamente, a Dentu e a Didier. Porém, cumpriu o legítimo papel de um editor, no sentido profissional e jornalístico do termo, uma vez que revisou e burilou intensamente o texto dos espíritos. Vejamos algumas notas do Codificador:

> "O todo (...) só foi dado a lume depois de haver sido cuidadosamente e reiteradas vezes revisto e corrigido pelos próprios espíritos (...). [Encerra pensamentos] que não constituem menos o fruto das lições dadas pelos espíritos, visto como não há [nada] que não seja expressão do pensamento deles"[37].

[37] *Op. cit.*, p. 31. Nota prévia à questão 1.

> "O que se segue às respostas é desenvolvimento delas, emanado dos próprios espíritos, antes pelo fundo que pela forma, e, ao demais, *sempre revisto, aprovado e muitas vezes corrigido por eles*"[38].

Com o término do período de desenvolvimento da primeira edição (que vai de agosto de 1855 a janeiro de 1857), Kardec ascendera à categoria de um mestre no trato com a produção mediúnica:

> "Agi, pois, com os espíritos como o teria feito com homens; eles foram para mim, desde o menor até o maior, meios de me informar, e não *reveladores predestinados*. Tais são as disposições com as quais empreendi, e sempre prossegui meus estudos espíritas; observar, comparar e julgar, tal foi a regra constante que segui. (...) Foi da comparação e da *fusão* de todas estas respostas, coordenadas, classificadas, *e muitas vezes remodeladas no silêncio da meditação*, que formei a primeira edição de *O livro dos espíritos*"[39].

[38] *Op. cit.*, p. 113. Nota prévia aos comentários de Kardec (grifos nossos).

[39] KARDEC, Allan. *Obras póstumas*. Rio de Janeiro: CELD, 2002, p. 396, 398. Segunda parte, item "Minha primeira iniciação no espiritismo". Tradução de Maria Lucia Alcantara de Carvalho. (Grifos nossos.)

UM NOVO DILEMA

Se Allan Kardec não hesitou em aperfeiçoar as comunicações mediúnicas obtidas na época da codificação do espiritismo, procurando aproximar o máximo possível o resultado final do sentido que os espíritos lhe atribuíam, quem somos nós para escaparmos de tal procedimento? E não podemos esquecer que ele lidava com a falange do espírito Verdade: inteligências do quilate de Santo Agostinho, Platão, Sócrates, João Evangelista, Fénelon, Swedenborg, Samuel Hahnemann, entre outros.

Na Casa dos Espíritos Editora, temos por hábito revisar intensamente a psicografia. Refutamos certos trechos, propomos modificações e fazemos intervenções no texto — evidentemente, não sem antes buscar conexão com aqueles que são os "donos" da Casa, que é *dos Espíritos*, os legítimos autores das idéias expressas em nossas publicações.

Foi o próprio mentor espiritual Alex Zarthú que a princípio sugeriu tal procedimento, quando da preparação de seu livro *Gestação da Terra*, iniciada em 1999. Na época, ele ainda me convidou pessoalmente para um trabalho de parceria na edição, o que me compeliu a estabelecer sintonia com ele.

(Acredito sinceramente que a confiança dos espíritos em cada um de nós ultrapassa em muito nossa própria autoconfiança...)

Apesar de minhas grandes limitações, Zarthú indicara-me método análogo ao de Kardec, dispondo eu regularmente do concurso do médium Robson Pinheiro. O processo transcorreu de forma semelhante, hoje percebo. A respeito de suas revisões, o Codificador escreveu:

> "O intervalo de um mês, que ele [o espírito Verdade] havia determinado para suas comunicações, apenas raramente foi observado, no princípio; mais tarde, deixou de o ser; era, sem dúvida, uma advertência de que devia trabalhar por mim mesmo, e não recorrer incessantemente a ele diante da menor dificuldade"[40].

Desde então, elaboramos questionamentos e, reunidos, discutimos, até nosso limite: médium, editor, revisor e espíritos, ainda que estes não deem comunicações diretas. Se necessário, porém, esse processo — longo, trabalhoso, complexo, mas muito enriquecedor — conta com a manifestação ostensiva dos espíritos que nos assistem em certos momentos. E não somente do espírito autor, mas de

[40] *Op. cit.*, p. 405.

todos aqueles que, no plano extrafísico, compõem a equipe editorial da Casa dos Espíritos. Lá, também, um costuma interferir no texto do outro.

Com relação às particularidades do trabalho de equipe na esfera espiritual, há inclusive uma brincadeira feita por um dos autores editados por nós, o espírito Ângelo Inácio (dos livros *Tambores de Angola* e *Aruanda*, entre outros títulos). Ele costuma dizer que a única hora em que espírito da categoria dele "dá aulas" para os mentores é quando se trata das questões de linguagem e de parecer editorial. Como "editor do Além", é convocado a emitir suas opiniões mesmo quando da publicação das obras dos espíritos mais elevados, devido à sua experiência como jornalista e escritor, e à grande habilidade que desenvolveu no trato com as palavras. (Não que, conservando o gênio crítico e curioso que sempre teve, Ângelo precisasse de alguma convocação oficial para dar opiniões ...)

Na hora de reeditar este livro de Robson Pinheiro pelo espírito Estêvão, surgiu um dilema. *Apocalipse: uma interpretação espírita das profecias* estava esgotado há anos e nos recusávamos a tão-somente reimprimi-lo, do jeito que se encontrava [assim como o antigo *Caravana de luz*, agora reeditado com o título *Sob a luz do luar]*. Para ficar à altura da riqueza e da robustez de seu conteúdo, a obra deveria passar por uma completa reformulação, do projeto gráfico ao texto, tão distantes da realidade atual da Editora. Revisada apenas superficialmente, a edição original possui, além de incorreções gramaticais e ortográficas, trechos truncados, mal-elaborados e com frases longas, de difícil compreensão. Entretanto, como alterar substancialmente um texto que o público já conhecia? Como explicar ao leitor nossos critérios? Seríamos compreendidos em nossas intenções?

Antes de *Apocalipse*, jamais havíamos submetido textos que não fossem inéditos ao processo editorial descrito. O único título de nosso catálogo que ganhara uma edição revista, até então, é *Canção da esperança: diário de um jovem que viveu com aids*. Além do subtítulo, alterado mediante nota explicativa inserida na nova edição, havíamos sido extremamente cautelosos em modificar fosse lá o quê, e só o fizemos quando o trecho feria a gramática ou comprometia gravemente o entendimento. Discussões sobre dois ou três pontos controversos existiram, mas foram registradas em notas de rodapé, sem interferir no texto original. Contudo, em *Canção da esperança* havia duas especificidades. Primeiramente, sabíamos que Franklim, pseudônimo pelo qual conhecemos o autor espiritual, já se encontrava reencarnado, o que nos impedia de consultá-lo com liberdade. A informação fora confirmada também por Chico Xavier, que se envolveu na confecção do livro, conforme conta o médium Robson Pinheiro, em sua introdução. Em segundo lugar, a obra é um depoimento, um diário escrito de forma romanceada, que traz esclarecimentos aos portadores do vírus HIV. Primeira obra espírita a abordar o tema, tem por objetivo consolar e combater o preconceito e, à parte os diversos ensinamentos que contém, não se propõe ao exame metódico de qualquer assunto.

Ao contrário, *Apocalipse* é um livro de estudos, em que o espírito Estêvão esmiúça o significado do texto bíblico. Ele se detém em pormenores importantes a uma obra dessa natureza e, com isso, tornou nossa tarefa de revisá-la e publicá-la em uma nova edição, corrigida e ampliada, um desafio ainda muito maior. Certamente, os anos em que esteve esgotada foram necessários ao nosso amadurecimento como *equipe* editorial — isto é, parceiros do mundo espiritual na estruturação e difusão de idéias altamente comprometidas com a magnitude da filosofia codificada por Allan Kardec.

(...) Espero sinceramente que compreenda nossa motivação, e tenha a convicção de que não há como pretender pôr ponto final em debate algum. Afinal, Kardec e os espíritos superiores decidiram elaborar a maior parte de *O livro dos espíritos*, a obra basilar do espiritismo, em forma de diálogos. Quer incentivo maior do que esse à troca de idéias?

+ publicações

Tambores de Angola | *Coleção Segredos de Aruanda, vol. 1*
edição revista e ampliada | A origem histórica da umbanda e do espiritismo | Robson Pinheiro *pelo espírito Ângelo Inácio*

O trabalho redentor dos espíritos – índios, negros, soldados, médicos – e de médiuns que enfrentam o mal com determinação e coragem. Nesta edição revista e ampliada, 17 anos e quase 200 mil exemplares depois, Ângelo Inácio revela os desdobramentos dessa história em três capítulos inéditos, que guardam novas surpresas àqueles que se deixaram tocar pelas curimbas e pelos cânticos dos pais-velhos e dos caboclos.

ISBN: 978-85-99818-36-7 • ROMANCE MEDIÚNICO • 2015 • 256 PÁGS. • BROCHURA • 16 X 23CM

Aruanda | *Coleção Segredos de Aruanda, vol. 2*
Um romance espírita sobre pais-velhos, elementais e caboclos
Robson Pinheiro *pelo espírito Ângelo Inácio*

Por que as figuras do negro e do indígena – pretos-velhos e caboclos –, tão presentes na história brasileira, incitam controvérsia no meio espírita e espiritualista? Compreenda os acontecimentos que deram origem à umbanda, sob a ótica espírita. Conheça a jornada de espíritos superiores para mostrar, acima de tudo, que há uma só bandeira: a do amor e da fraternidade.

ISBN: 978-85-99818-11-4 • ROMANCE MEDIÚNICO • 2004 • 245 PÁGS. • BROCHURA • 16 X 23CM

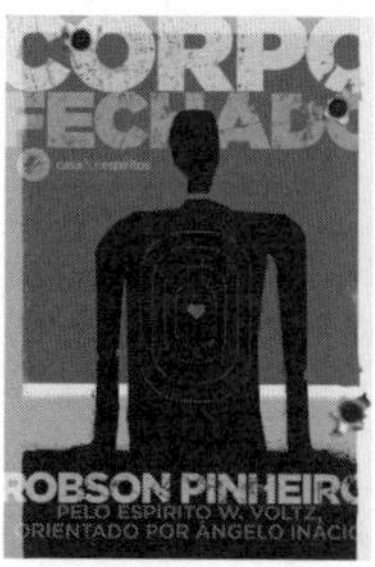

Corpo fechado | *Coleção Segredos de Aruanda, vol. 3*
Robson Pinheiro *pelo espírito W. Voltz, orientado pelo espírito Ângelo Inácio*

Reza forte, espada-de-são-jorge, mandingas e patuás. Onde está a linha divisória entre verdade e fantasia? Campos de força determinam a segurança energética. Ou será a postura íntima? Diante de tantas indagações, crenças e superstições, o espírito Pai João devassa o universo interior dos filhos que o procuram, apresentando casos que mostram incoerências na busca por proteção espiritual.

ISBN: 978-85-87781-34-5 • ROMANCE MEDIÚNICO • 2009 • 303 PÁGS. • BROCHURA • 16 X 23CM

Legião | *Trilogia O Reino das Sombras, vol. 1*
Um olhar sobre o reino das sombras
Robson Pinheiro *pelo espírito Ângelo Inácio*

Veja de perto as atividades dos representantes das trevas, visitando as regiões subcrustais na companhia do autor espiritual. Sob o comando dos dragões, espíritos milenares e voltados para o mal, magos negros desenvolvem sua ativ dade febril, organizando investidas contra as obras da humanidade. Saiba como os enfrentam esses e outros personagens reais e ativos no mundo astral.

ISBN: 978-85-99818-19-0 • ROMANCE MEDIÚNICO • 2006 • 502 PÁGS. • BROCHURA • 14 X 21CM

Senhores da escuridão | *Trilogia O Reino das Sombras, vol. 2*
Robson Pinheiro *pelo espírito Ângelo Inácio*

Das profundezas extrafísicas, surge um sistema de vida que se opõe às obras da civilização e à política do Cordeiro. Cientistas das sombras querem promover o caos social e ecológico para, em meio às guerras e à poluição, criar condições de os senhores da escuridão emergirem da subcrosta e conduzirem o destino das nações. Os guardiões têm de impedi-los, mas não sem antes investigar sua estratégia.

ISBN: 978-85-87781-31-4 • ROMANCE MEDIÚNICO • 2008 • 676 PÁGS. • BROCHURA • 14 X 21CM

A marca da besta | *Trilogia O Reino das Sombras, vol. 3*
Robson Pinheiro *pelo espírito Ângelo Inácio*

Se você tem coragem, olhe ao redor: chegaram os tempos do fim. Não o famigerado fim do mundo, mas o fim de um tempo – para os dragões, para o império da maldade. E o início de outro, para construir a fraternidade e a ética. Um romance, um testemunho de fé, que revela a força dos guardiões, emissários do Cordeiro que detêm a propagação do mal. Quer se juntar a esse exército?

ISBN: 978-85-99818-08-4 • ROMANCE MEDIÚNICO • 2010 • 640 PÁGS. • BROCHURA • 14 X 21CM

Além da matéria

Uma ponte entre ciência e espiritualidade

Robson Pinheiro *pelo espírito Joseph Gleber*

Exercitar a mente, alimentar a alma. *Além da matéria* é uma obra que une o conhecimento espírita à ciência contemporânea. Um tratado sobre a influência dos estados energéticos em seu bem-estar, que lhe trará maior entendimento sobre sua própria saúde. Físico nuclear e médico que viveu na Alemanha, o espírito Joseph Gleber apresenta mais uma fonte de autoconhecimento e reflexão.

ISBN: 978-85-99818-13-8 • SAÚDE E MEDIUNIDADE • 2003/2011 • 320 PÁGS. • BROCHURA • 16 X 23CM

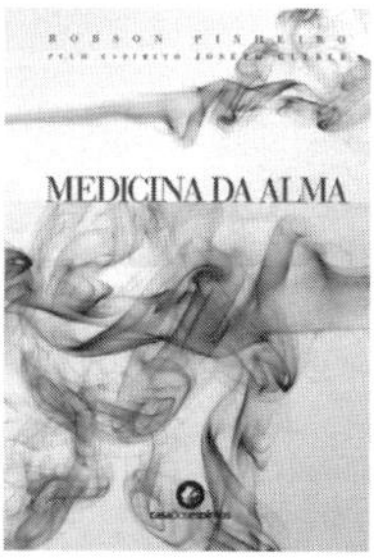

Medicina da alma

Saúde e medicina na visão espírita

Robson Pinheiro *pelo espírito Joseph Gleber*

Com a experiência de quem foi físico nuclear e médico, o espírito Joseph Gleber, desencarnado no Holocausto e hoje atuante no espiritismo brasileiro, disserta sobre a saúde segundo o paradigma holístico, enfocando o ser humano na sua integralidade. Edição revista e ampliada, totalmente em cores, com ilustrações inéditas, em comemoração aos 150 anos do espiritismo [1857-2007].

ISBN: 978-85-87781-25-3 • SAÚDE E MEDIUNIDADE • 1997 • 254 PÁGS. • CAPA DURA E EM CORES • 17 X 24CM

A alma da medicina

Robson Pinheiro *pelo espírito Joseph Gleber*

Com a autoridade de um físico nuclear que resolve aprender medicina apenas para se dedicar ao cuidado voluntário dos judeus pobres na Alemanha do conturbado período entre guerras, o espírito Joseph Gleber não deixa espaço para acomodação. Saúde e doença, vida e morte, compreensão e exigência, sensibilidade e firmeza são experiências humanas cujo significado clama por revisão.

ISBN: 978-85-99818-32-9 • SAÚDE E MEDIUNIDADE • 2014 • 416 PÁGS. • BROCHURA • 16 X 23CM

Consciência

Em mediunidade, você precisa saber o que está fazendo

Robson Pinheiro *pelo espírito Joseph Gleber*

Já pensou entrevistar um espírito a fim de saciar a sede de conhecimento sobre mediunidade? Nós pensamos. Mais do que saciar, Joseph Gleber instiga ao tratar de materialização, corpo mental, obsessões complexas e apometria, além de animismo – a influência da alma do médium na comunicação –, que é dos grandes tabus da atualidade.

ISBN: 978-85-99818-06-0 • SAÚDE E MEDIUNIDADE • 2007 • 288 PÁGS. • BROCHURA • 16 X 23CM

Energia

Novas dimensões da bioenergética humana

Robson Pinheiro *sob orientação dos espíritos Joseph Gleber, André Luiz e José Grosso*

Numa linguagem clara e direta, o médium Robson Pinheiro faz uso de sua experiência de mais de 25 anos como terapeuta holístico para ampliar a visão acerca da saúde plena, necessariamente associada ao conhecimento da realidade energética. Anexo com exercícios práticos de revitalização energética, ilustrados passo a passo.

ISBN: 978-85-99818-02-2 • SAÚDE E MEDIUNIDADE • 2008 • 238 PÁGS. • BROCHURA • 16 X 23CM

Apocalipse

Uma interpretação espírita das profecias

Robson Pinheiro *pelo espírito Estêvão*

O livro profético como você nunca viu. O significado das profecias contidas no livro mais temido e incompreendido do Novo Testamento, analisado de acordo com a ótica otimista que as lentes da doutrina espírita proporcionam. O autor desconstrói as imagens atemorizantes das metáforas bíblicas e as decodifica.

ISBN: 978-85-87781-16-1 • JESUS E O EVANGELHO • 1997 • 272 PÁGS. • BROCHURA • 16 X 23CM

A FORÇA ETERNA DO AMOR

ROBSON PINHEIRO *pelo espírito Teresa de Calcutá*

"O senhor não daria banho em um leproso nem por um milhão de dólares? Eu também não. Só por amor se pode dar banho em um leproso". Cidadã do mundo, grande missionária, Nobel da Paz, figura inspiradora e controvertida. Desconcertante, veraz, emocionante: esta é Teresa. Se você a conhece, vai gostar de saber o que pensa; se ainda não, prepare-se, pois vai se apaixonar. Pela vida.

ISBN: 978-85-87781-38-3 • AUTOCONHECIMENTO • 2009 • 318 PÁGS. • BROCHURA • 16 X 23CM

PELAS RUAS DE CALCUTÁ

ROBSON PINHEIRO *pelo espírito Teresa de Calcutá*

"Não são palavras delicadas nem, tampouco, a repetição daquilo que você deseja ouvir. Falo para incomodar". E é assim, presumindo inteligência no leitor, mas também acomodação, que Teresa retoma o jeito contundente e controvertido e não poupa a prática cristã de ninguém, nem a dela. Duvido que você possa terminar a leitura de *Pelas ruas de Calcutá* e permanecer o mesmo.

ISBN: 978-85-99818-23-7 • AUTOCONHECIMENTO • 2012 • 368 PÁGS. • BROCHURA • 16 X 23CM

MULHERES DO EVANGELHO

E OUTROS PERSONAGENS TRANSFORMADOS PELO ENCONTRO COM JESUS

ROBSON PINHEIRO *pelo espírito Estêvão*

A saga daqueles que tiveram suas vidas transformadas pelo encontro com Jesus, contadas por quem viveu na Judeia dos tempos do Mestre. O espírito Estêvão revela detalhes de diversas histórias do Evangelho, narrando o antes, o depois e o que mais o texto bíblico omitiu a respeito da vida de personagens que cruzaram os caminhos do Rabi da Galileia.

ISBN: 978-85-87781-17-8 • JESUS E O EVANGELHO • 2005 • 208 PÁGS. • BROCHURA • 14 X 21CM

Os espíritos em minha vida
Robson Pinheiro *editado por Leonardo Möller*

Relacionar-se com os espíritos. Isso é mediunidade, muito mais do que simples fenômenos. A trajetória de um médium e sua sintonia com os Imortais. As histórias, as experiências e os espíritos na vida de Robson Pinheiro. Inclui CD: os espíritos falam na voz de Robson Pinheiro: Joseph Gleber, José Grosso, Palminha, Pai João de Aruanda, Zezinho e Exu Veludo.

ISBN: 978-85-87781-32-1 • MEMÓRIAS • 2008 • 380 PÁGS. • BROCHURA • 16 X 23CM

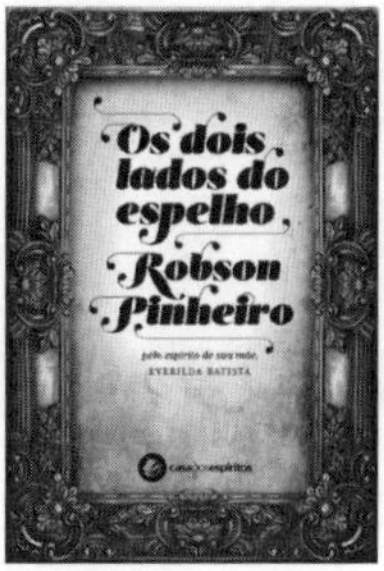

Os dois lados do espelho
Robson Pinheiro *pelo espírito de sua mãe Everilda Batista*

Às vezes, o contrário pode ser certo. Questione, duvide, reflita. Amplie a visão sobre a vida e sobre sua evolução espiritual. Aceite enganos, trabalhe fraquezas. Não desvie o olhar de si mesmo. Descubra seu verdadeiro reflexo, dos dois lados do espelho. Everilda Batista, pelas mãos de seu filho Robson Pinheiro. Lições da mãe e da mulher, do espírito e da serva do Senhor. Uma amiga, uma professora nos dá as mãos e nos convida a pensar.

ISBN: 978-85-99818-22-0 • AUTOCONHECIMENTO • 2004/2012 • 208 PÁGS. • BROCHURA • 16 X 23CM

Sob a luz do luar
Uma mãe numa jornada pelo mundo espiritual
Robson Pinheiro *pelo espírito de sua mãe Everilda Batista*

Um clássico reeditado, agora em nova edição revista. Assim como a Lua, Everilda Batista ilumina as noites em ajuda às almas necessitadas e em desalento. Participando de caravanas espirituais de auxílio, mostra que o aprendizado é contínuo, mesmo depois desta vida. Ensina que amar e servir são, em si, as maiores recompensas da alma. E que isso é a verdadeira evolução.

ISBN: 978-85-87781-35-2 • ROMANCE MEDIÚNICO • 1998 • 264 PÁGS. • BROCHURA • 14 X 21CM

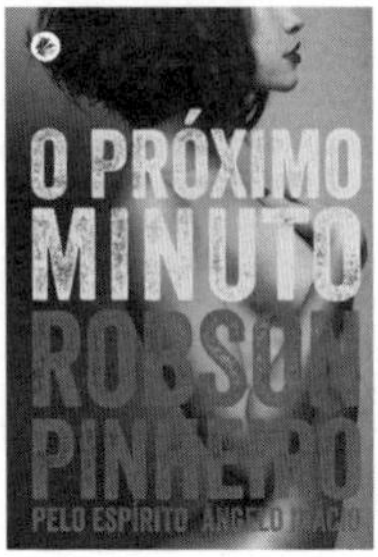

O PRÓXIMO MINUTO
ROBSON PINHEIRO *pelo espírito Ângelo Inácio*

Um grito em favor da liberdade, um convite a rever valores, a assumir um ponto de vista diferente, sem preconceitos nem imposições, sobretudo em matéria de sexualidade. Este é um livro dirigido a todos os gêneros. Principalmente àqueles que estão preparados para ver espiritualidade em todo comportamento humano. É um livro escrito com coração, sensibilidade, respeito e cor. Com todas as cores do arco-íris.

ISBN: 978-85-99818-24-4 • ROMANCE MEDIÚNICO • 2012 • 473 PÁGS. • BROCHURA • 16 X 23CM

CREPÚSCULO DOS DEUSES
UM ROMANCE HISTÓRICO SOBRE A VINDA
DOS HABITANTES DE CAPELA PARA A TERRA
ROBSON PINHEIRO *pelo espírito Ângelo Inácio*

Extraterrestres em visita à Terra e a vida dos habitantes de Capela ontem e hoje. A origem dos dragões – espíritos milenares devotados ao mal –, que guarda ligação com acontecimentos que se perdem na eternidade. Um romance histórico que mistura cia, fbi, ações terroristas e lhe coloca frente a frente com o iminente êxodo planetário: o juízo já começou.

ISBN: 978-85-99818-09-1 • ROMANCE MEDIÚNICO • 2002 • 403 PÁGS. • BROCHURA • 16 X 23CM

MAGOS NEGROS
MAGIA E FEITIÇARIA SOB A ÓTICA ESPÍRITA
ROBSON PINHEIRO *pelo espírito Pai João de Aruanda*

O Evangelho conta que Jesus amaldiçoou uma figueira, que dias depois secou até a raiz. Por qual razão a personificação do amor teria feito isso? Você acredita em feitiçaria? – eis a pergunta comum. Mas será a pergunta certa? Pai João de Aruanda, pai-velho, ex-escravo e líder de terreiro, desvenda os mistérios da feitiçaria e da magia negra, do ponto de vista espírita.

ISBN: 978-85-99818-10-7 • AUTOCONHECIMENTO • 2011 • 394 PÁGS. • CAPA DURA • 16 X 23CM

Negro

Robson Pinheiro *pelo espírito Pai João de Aruanda*

A mesma palavra para duas realidades diferentes. Negro. De um lado, a escuridão, a negação da luz e até o estigma racial. De outro, o gingado, o saber de um povo, a riqueza de uma cultura e a história de uma gente. Em Pai João, a sabedoria é negra, porque nascida do cativeiro; a alma é negra, porque humana – mistura de bem e mal. As palavras e as lições de um negro-velho, em branco e preto.

ISBN: 978-85-99818-14-5 • AUTOCONHECIMENTO • 2011 • 256 PÁGS. • CAPA DURA • 16 X 23CM

Sabedoria de preto-velho

Reflexões para a libertação da consciência

Robson Pinheiro *pelo espírito Pai João de Aruanda*

Ainda se escutam os tambores ecoando em sua alma; ainda se notam as marcas das correntes em seus punhos. Sinais de sabedoria de quem soube aproveitar as lições do cativeiro e elevar-se nas asas da fé e da esperança. Pensamentos, estórias, cantigas e conselhos na palavra simples de um pai-velho. Experimente sabedoria, experimente Pai João de Aruanda.

ISBN: 978-85-99818-05-3 • AUTOCONHECIMENTO • 2003 • 187 PÁGS. • BROCHURA COM ACABAMENTO EM ACETATO • 16 X 23CM

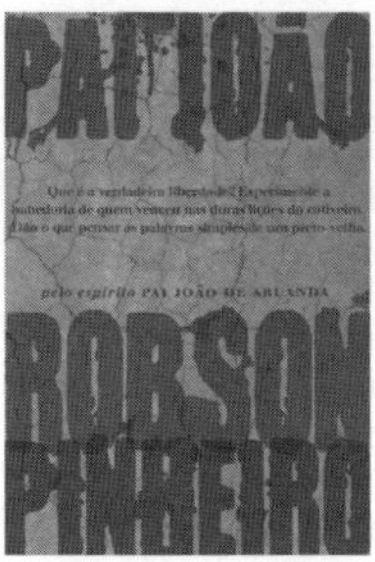

Pai João

Libertação do cativeiro da alma

Robson Pinheiro *pelo espírito Pai João de Aruanda*

Estamos preparados para abraçar o diferente? Qual a sua disposição real para escolher a companhia daquele que não comunga os mesmos ideais que você e com ele desenvolver uma relação proveitosa e pacífica? Se sente a necessidade de empreender tais mudanças, matricule-se na escola de Pai João. E venha aprender a verdadeira fraternidade. Dão o que pensar as palavras simples de um preto-velho.

ISBN: 978-85-87781-37-6 • AUTOCONHECIMENTO • 2005 • 256 PÁGS. • BROCHURA COM CAIXA • 16 X 23CM

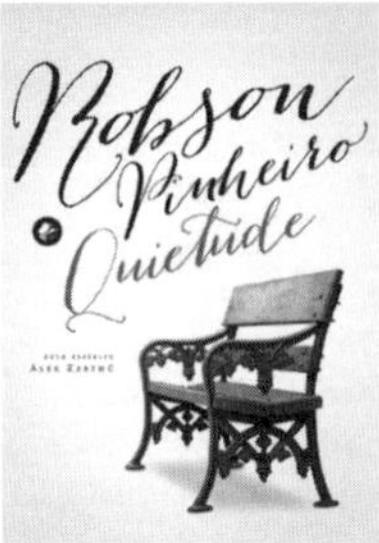

Quietude
Robson Pinheiro *pelo espírito Alex Zarthú*

Faça as pazes com as próprias emoções.
Com essa proposta ao mesmo tempo tão singela e tão abrangente, Zarthú convida à quietude. Lutar com os fantasmas da alma não é tarefa simples, mas as armas a que nos orienta a recorrer são eficazes. Que tal fazer as pazes com a luta e aquietar-se?

ISBN: 978-85-99818-31-2 • AUTOCONHECIMENTO • 2014 • 192 PÁGS. • CAPA FLEXÍVEL • 17 x 24CM

Serenidade
Robson Pinheiro *pelo espírito Alex Zarthú*

Já se disse que a elevação de um espírito se percebe no pouco que fala e no quanto diz. Se é assim, Zarthú é capaz de pôr em xeque nossa visão de mundo sem confrontá-la; consegue despertar a reflexão e a mudança em poucos e leves parágrafos, em uma ou duas páginas. Venha conquistar a serenidade.

ISBN: 978-85-99818-27-5 • AUTOCONHECIMENTO • 1999/2013 • 176 PÁGS. • BROCHURA • 17 x 24CM

Superando os desafios íntimos
A necessidade de transformação interior
Robson Pinheiro *pelo espírito Alex Zarthú*

No corre-corre das cidades, a angústia e a ansiedade tornaram-se tão comuns que parecem normais, como se fossem parte da vida humana na era da informação; quem sabe um preço a pagar pelas comodidades que os antigos não tinham? A serenidade e o equilíbrio das emoções são artigos de luxo, que pertencem ao passado. Essa é a realidade que temos de engolir? É hora de superar desafios íntimos.

ISBN: 978-85-87781-24-6 • AUTOCONHECIMENTO • 2000 • 200 PÁGS. • BROCHURA COM SOBRECAPA EM PAPEL VEGETAL COLORIDO • 14 X 21CM

Cidade dos espíritos | *Trilogia Os Filhos da Luz, vol.1*
Robson Pinheiro *pelo espírito Ângelo Inácio*

Onde habitam os Imortais, em que mundo vivem os guardiões da humanidade? É um sonho? Uma miragem? Não! É Aruanda, a cidade dos espíritos, onde orientadores evolutivos do mundo vivem, trabalham e, de lá, partem para amparar, socorrer, influenciando os destinos dos homens muito mais do que estes imaginam.

ISBN: 978-85-99818-25-1 • ROMANCE MEDIÚNICO • 2013 • 460 PÁGS. • BROCHURA • 16 X 23CM

Os guardiões | *Trilogia Os Filhos da Luz, vol.2*
Robson Pinheiro *pelo espírito Ângelo Inácio*

Se a justiça é a força que impede a propagação do mal, há de ter seus agentes. Quem são os guardiões? A quem é confiada a responsabilidade de representar a ordem e a disciplina, de batalhar pela paz? Cidades espirituais tornam-se escolas que preparam cidadãos espirituais. Os umbrais se esvaziam; decretou-se o fim da escuridão. E você, como porá em prática sua convicção em dias melhores?

ISBN: 978-85-99818-28-2 • ROMANCE MEDIÚNICO • 2013 • 474 PÁGS. • BROCHURA • 16 X 23CM

Os imortais | *Trilogia Os Filhos da Luz, vol.3*
Robson Pinheiro *pelo espírito Ângelo Inácio*

Os espíritos nada mais são que as almas dos homens que já morreram. Os Imortais ou espíritos superiores também já tiveram seus dias sobre a Terra, e a maioria deles ainda os terá. Portanto, são como irmãos maisvelhos, gente mais experiente, que desenvolveu mais sabedoria, sem deixar, por isso, de ser humana. Por que haveria, então, entre os espiritualistas tanta dificuldade em admitir esse lado humano? Por que a insistência em ver tais espíritos apenas como seres de luz, intocáveis, venerandos, angélicos, até, completamente descolados da realidade humana?

ISBN: 978-85-99818-29-9 • ROMANCE MEDIÚNICO • 2013 • 443 PÁGS. • BROCHURA • 16 X 23CM

Encontro com a vida

Robson Pinheiro *pelo espírito Ângelo Inácio*

"Todo erro, toda fuga é também uma procura." Apaixone-se por Joana, a personagem que percorre um caminho tortuoso na busca por si mesma. E quem disse que não há uma nova chance à espreita, à espera do primeiro passo? Uma narrativa de esperança e fé — fé no ser humano, fé na vida. Do fundo do poço, em meio à venda do próprio corpo e à dependência química, ressurge Joana. Fé, romance, ajuda do Além e muita perseverança são os ingredientes dessa jornada. Emocione-se... Encontre-se com Joana, com a vida.

ISBN: 978-85-99818-30-5 • ROMANCE MEDIÚNICO • 2001/2014 • 304 PÁGS. • BROCHURA • 16 X 23CM

Canção da esperança

A transformação de um jovem que viveu com aids

Robson Pinheiro *pelo espírito Franklim*

Contém entrevista e canções com o espírito Cazuza.

O diagnóstico: soropositivo. A aids que se instala, antes do coquetel e quando o preconceito estava no auge. A chegada ao plano espiritual e as descobertas da vida que prossegue. Conheça a transformação de um jovem que fez da dor, aprendizado; do obstáculo, superação. Uma trajetória cheia de coragem, que é uma lição comovente e um jato de ânimo em todos nós. Prefácio pelas mãos de Chico Xavier.

ISBN: 978-85-99818-33-6 • ROMANCE MEDIÚNICO • 1995/2002/2014 • 320 PÁGS. • BROCHURA • 16 x 23CM

Faz parte do meu show

A trajetória de um artista em busca de si mesmo

Robson Pinheiro *orientado pelo espírito Ângelo Inácio*

Um livro que fala de coragem, de arte, de música da alma, da alma do rock e do rock das almas. Deixe-se encantar por quem encantou multidões. Rebeldia somada a sexo, drogas e muito *rock'n'roll* identificam as pegadas de um artista que curtiu a vida do seu jeito: como podia e como sabia. Orientado pelo autor de *A marca da besta.*

ISBN: 978-85-99818-07-7 • ROMANCE MEDIÚNICO • 2004/2010 • 181 PÁGS. • BROCHURA • 14 X 21CM

O FIM DA ESCURIDÃO | *Série Crônicas da Terra, vol.1*
REURBANIZAÇÕES EXTRAFÍSICAS
ROBSON PINHEIRO *pelo espírito Ângelo Inácio*

Os espíritos milenares que se opõem à política divina do Cordeiro – do *amai-vos uns aos outros* – enfrentam neste exato momento o fim de seu tempo na Terra. É o sinal de que o juízo se aproxima, com o desterro daquelas almas que não querem trabalhar por um mundo baseado na ética, no respeito e na fraternidade.

ISBN: 978-85-99818-21-3 • ROMANCE MEDIÚNICO • 2012 • 400 PÁGS. • BROCHURA • 16 X 23CM

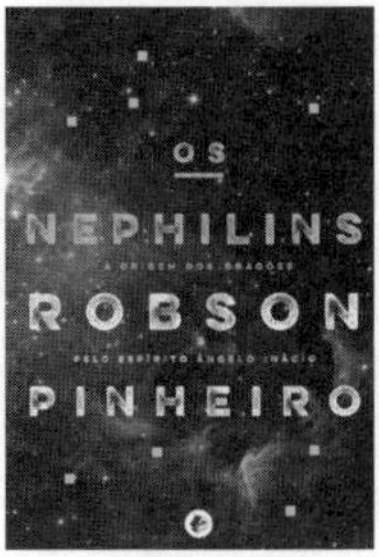

OS NEPHILINS | *Série Crônicas da Terra, vol.2*
A ORIGEM DOS DRAGÕES
ROBSON PINHEIRO *pelo espírito Ângelo Inácio*

Receberam os humanoides a contribuição de astronautas exilados em nossa mocidade planetária, como alegam alguns pesquisadores? Podem não ser Enki e Enlil apenas deuses sumérios, mas personagens históricos? Desse universo em que fatalmente se entrelaçam ficção e realidade, mito e fantasia, ciência e filosofia, emerge uma história que mergulha nos grandes mistérios.

ISBN: 978-85-99818-34-3 • ROMANCE MEDIÚNICO • 2014 • 480 PÁGS. • BROCHURA • 16 X 23CM

O AGÊNERE | *Série Crônicas da Terra, vol.3*
ROBSON PINHEIRO *pelo espírito Ângelo Inácio*

Há uma grande batalha em curso. Sabemos que não será sem esforço o parto da nova Terra, da humanidade mais ciente de suas responsabilidades, da bíblica Jerusalém. A grande pergunta: com quantos soldados e guardiões do eterno bem podem contar os espíritos do Senhor, que defendem os valores e as obras da civilização?

ISBN: 978-85-99818-35-0 • ROMANCE MEDIÚNICO • 2015 • 384 PÁGS. • BROCHURA • 16 X 23CM

Os abduzidos | *Série Crônicas da Terra, vol. 4*
Robson Pinheiro *pelo espírito Ângelo Inácio*

A vida extraterrestre provoca um misto de fascínio e temor. Sugere explicações a avanços impressionantes, mas também é fonte de ameaças concretas. Em paralelo, Jesus e a abdução de seus emissários próximos, todos concorrendo para criar uma só civilização: a humanidade.

ISBN: 978-85-99818-37-4 • ROMANCE MEDIÚNICO • 2015 • 464 PÁGS. • BROCHURA • 16 X 23CM

Você com você
Marcos Leão *pelo espírito Calunga*

Palavras dinâmicas, que orientam sem pressionar, que incitam à mudança sem engessar nem condenar, que iluminam sem cegar. Deixam o gosto de uma boa conversa entre amigos, um bate-papo recheado de humor e cheiro de coisa nova no ar. Calunga é sinônimo de irreverência, originalidade e descontração.

ISBN: 978-85-99818-20-6 • AUTOAJUDA • 2011 • 176 PÁGS. • CAPA FLEXÍVEL • 16 X 23CM

Trilogia O reino das sombras | *Edição definitiva*
Robson Pinheiro *pelo espírito Ângelo Inácio*

As sombras exercem certo fascínio, retratado no universo da ficção pela beleza e juventude eterna dos vampiros, por exemplo. Mas e na vida real? Conheça a saga dos guardiões, agentes da justiça que representam a administração planetária. Edição de luxo acondicionada em lata especial. Acompanha entrevista com Robson Pinheiro, em cd inédito, sobre a trilogia que já vendeu 200 mil exemplares.

ISBN: 978-85-99818-15-2 • ROMANCE MEDIÚNICO • 2011 • LATA COM *LEGIÃO, SENHORES DA ESCURIDÃO, A MARCA DA BESTA* E CD CONTENDO ENTREVISTA COM O AUTOR

Faça seu cadastro

Faça seu cadastro e fique por dentro da Casa dos Espíritos. Você será informado sobre últimos lançamentos, promoções e eventos da Editora, acompanhará a agenda dos autores e muito mais.

Basta preencher este formulário e enviá-lo por fax ou correio. Se preferir, acesse www.casadosespiritos.com e cadastre-se em nosso site ou mande um e-mail para editora@casadosespiritos.com.

Aproveite este espaço para sugerir, dar toques e apontar caminhos. Vale até reclamar – ou fazer um elogio! Sua contribuição será ouvida com a atenção que merece.

Nome ____

Logradouro ________________________ nº _____ compl.: _____

Bairro ____________________ Cidade ____________

Estado ________ cep ____________ País ____________

Tel. ( ) __________________ Nascimento ____/____/____

E-mail ____

casadosespíritos

Qual livro você acabou de ler?

____

____

E qual avaliação faz dele?

☐ Excelente ☐ Muito bom ☐ Bom ☐ Regular ☐ Ruim

Por quê?

____

____

Você é espírita? ☐ Sim ☐ Não

Frequenta alguma instituição? ☐ Sim ☐ Não

Se quiser cadastrá-la, anote aqui os dados da instituição:

Nome____________________________________

Logradouro________________ nº_____ compl.:__________

Bairro____________________ Cidade______________

Estado_______ cep_____________ País___________

Tel. ( )__________________________________

E-mail __________________________________

Se quiser fazer mais comentários,
escreva-nos: editora@casadosespiritos.com

casadosespíritos

Rua Floriano Peixoto, 438 | Contagem | MG | 32140-580 | Brasil
Tel./Fax (31) 3304 8300 | editora@casadosespiritos.com
www.casadosespiritos.com

Responsabilidade Social

A Casa dos Espíritos nasceu, na verdade, como um braço da Sociedade Espírita Everilda Batista, instituição beneficente situada em Contagem, MG. Alicerçada nos fundamentos da doutrina espírita, expostos nos livros de Allan Kardec, a Casa de Everilda sempre teve seu foco na divulgação das ideias espíritas, apresentando-as como caminho para libertar a consciência e promover o ser humano. Romper preconceitos e tabus, renovando e transformando a visão da vida: eis a missão que a cumpre com cursos de estudo do espiritismo, palestras, tratamentos espirituais e diversas atividades, todas gratuitas e voltadas para o amparo da comunidade. Eis também os princípios que definem a linha editorial da Casa dos Espíritos. É por isso que, para nós, responsabilidade social não é uma iniciativa isolada, mas um compromisso crucial, que está no DNA da empresa. Hoje, ambas instituições integram, juntamente com a Clínica Holística Joseph Gleber e a Aruanda de Pai João, o projeto denominado Universidade do Espírito de Minas Gerais — UniSpiritus —, voltado para a educação em bases espirituais *[www.everildabatista.org.br]*.

Quem enfrentará o mal
a fim de que a justiça prevaleça?
Os guardiões superiores
estão recrutando agentes.

Colegiado de Guardiões da Humanidade
por Robson Pinheiro

Fundado pelo médium, terapeuta e escritor espírita Robson Pinheiro no ano de 2011, o Colegiado de Guardiões da Humanidade é uma iniciativa do espírito Jamar, guardião planetário.

Com grupos atuantes em mais de 10 países, o Colegiado é uma instituição sem fins lucrativos, de caráter humanitário e sem vínculo político ou religioso, cujo objetivo é formar agentes capazes de colaborar com os espíritos que zelam pela justiça em nível planetário, tendo em vista a reurbanização extrafísica por que passa a Terra.

Conheça o Colegiado de Guardiões da Humanidade. Se quer servir mais e melhor à justiça, venha estudar e se preparar conosco.

Paz, justiça e fraternidade
www.guardioesdahumanidade.org